Minimalia

Umberto Lucarelli

Sangiorgio il drago

Ibis

In copertina: "Sangiorgio il drago", Paola Licastro, 2008, St. Etienne, Francia.
In quarta di copertina: "San Giorgio, il drago e la principessa", Brunello Mannini, 2007, Livorno.

Un grazie a Marco Picozzi.

www.ibisedizioni.it
Prima edizione: dicembre 2008
ISBN: 978-88-7164-274-1

Tutta la gioia del mondo
nasce dal desiderio
di gioia per gli altri.
Tutto il dolore del mondo
nasce dal desiderio
di gioia per sé.

Śāntideva, *Bodhicaryāvatāra*, VIII, 129

A tutte le donne della mia famiglia… e a Remigio.

Sangiorgio il drago

In fondo chi è il drago? Chi è Sangiorgio?

Avrei dovuto incontrare il drago, avrei dovuto accettare il drago dentro di me. Voglio essere Sangiorgio, il cavaliere (dicevo), ma ero il drago: il cattivo e malvagio, feroce drago. Solo lasciando entrare il drago sarei stato Sangiorgio. Per tutta la vita dei miei *quarantanni* avevo tentato di essere buono ma mi opponevo al drago e non ero buono. (Almeno, non ero buono con il drago). Facevo la *parte* del buono ma immediatamente venivo tradito dai *pensieri.* Pensieri di male. Quindi avevo pensieri pieni di bontà, di buoni propositi e *zac!,* venivo immediatamente tradito dalle azioni: azioni da drago. Fuoco, zampate! Cattiverie improvvise e immotivate. Cercavo di uccidere il drago *fuori* di me ma il drago era *dentro* di me. È dentro di me (dicevo), ma andavo a cercarlo fuori. Era più comodo cercarlo fuori: negli altri. Tutti quan-

ti avevano il drago. Forse soltanto Solidea non aveva il drago. Forse anche lei aveva un piccolo drago.

La parola *Sangiorgio* comprende la parola *drago*. Sangiorgio è il bene, il drago è il male, drago ha cinque lettere, Sangiorgio ne ha dieci, drago è composto dalle vocali a/o, Sangiorgio possiede a/o. Le consonanti r/g ha drago, r/g possiede Sangiorgio. Due vocali ha *bene*. Due vocali ha *male*. A volte sono Sangiorgio, a volte sono il drago. Alcuni dicono guarda, Sangiorgio! A volte, altri, il drago!

Ho osservato il dipinto fino alla nausea, Naomi ne faceva collezione. Quando andavo a trovarla – a volte molto spesso, altre quasi mai – restavo nella sua galleria e fissavo le immagini: Hanno sbagliato (dicevo), la pittura è in errore. Più guardavo più mi convincevo che i pittori erano *tutti* in errore, non hanno fatto altro che copiarsi l'un l'altro e sbagliare (dicevo). Tutti i pennelli, le matite, gli arnesi *inzuppati* sulle figure ora del drago ora di Sangiorgio erano in errore, una catena di equivoci, di ripetizioni, una catena perpetua; secoli di pennelli, di colori, tele, mani: una catastrofica inesattezza. Che responsabilità quei pittori! Perché uccidere il drago? Uccidere il drago è sempre stato uccidere Sangiorgio. Nella scena successiva – mai dipinta da nessuno – Lissét, la bella Lissét (per la quale si *costringe* Sangiorgio a uccidere il drago) piange. Scopre all'improvviso che il suo bel cavaliere – che lei ama – è morto. Scopre di non amarlo più perché *non è* più lui.

Sangiorgio: (con la mano ancora stretta nella presa della lancia sul drago agonizzante) Amore (dice e guarda Lissét teneramente, è sudato il Giorgio, è spruzzato di sangue il San).

Lissét: (non lo riconosce, stringe gli occhi come se ci fosse una luce troppo intensa e inizia a piangere) Amore (chiama), dove siete?

Sangiorgio: (con slancio) Sono qui (dice, ma la sua voce è debole).

Lissét: (che piange e che qualcosa ode) Non vi *sento* (dice).

Sangiorgio: (più fievole) Qui...!

Nessun pittore ha mai dipinto questo quadro, si sono arrestati lì, al drago. Non sapevano più come proseguire, morto il drago non c'era più niente: cambiavano la tela, muti facevano un paesaggio, natura morta, fringuello che canta. Tramonto. Tracciavano un segno e lo chiamavano cavallo. Ma la colpa dei pittori non si esaurisce nella *morte del drago*, i pittori e più in generale, i maestri dell'arte figurativa, hanno una responsabilità enorme.

Ho osservato moltissimi dipinti nella galleria Naomi, mi sdraiavo, mi sedevo sul pavimento, mi accomodavo sulle sedie. Nella galleria Naomi mi sono inginocchiato, sono rimasto in piedi fissando intensamente decine di Sangiorgio e il drago. Con il

permesso di Naomi – e a volte senza il permesso di Naomi – li ho staccati dalla parete e li ho portati vicinissimi ai miei occhi, li ho allontanati. Avvicinati e allontanati con un certo ritmo. Che fai? (mi chiedeva Naomi). Ho messo sottosopra e ho fatto *ruotare* nelle mani più di una tela, in una parola: li ho studiati. Naomi sorrideva e io avevo la netta sensazione che pur possedendo quella che io chiamavo la *galleria Naomi* ma che in realtà era la sua camera da letto, pur possedendo numerosissimi dipinti di Sangiorgio e il drago, pur potendoli vedere e rivedere tutti i giorni senza essere costretta come ero costretto io ad andare ogni volta – prima quasi mai poi molto spesso – a vedere quei quadri, pur avendo la possibilità di svegliarsi in piena notte a seguito di un sogno rivelatore, di un presagio, di un segno e poter così precipitarsi al cospetto dei sangiorgi e dei draghi, delle lance e delle decine e decine di lissét e *comprendere* quindi il senso del dipinto ebbene, avevo la netta sensazione che lei cogliesse soltanto l'aspetto esteriore, quello che era in *superficie* del dipinto e non *oltre* il dipinto, *dentro* il dipinto. Naomi, pur possedendo la galleria Naomi in camera sua, non capiva Sangiorgio e il drago. Esattamente come nessuno di questi pittori ha saputo cogliere l'essenza del drago: come sempre non hanno fatto altro che copiare, che vendersi al miglior offerente! Il drago non è come ce lo descrivono i nostri maestri dell'arte figurativa e come lo si vede nella galleria Naomi. Il cavaliere forse sì. Il drago no. Se il drago deve essere il male come lo dipingerebbe un

pittore contemporaneo? Dovrebbe dipingere il *benessere*: ma il benessere *non può* essere cattivo, non è mostruoso, non ha il fuoco nelle fauci e spuntoni sul dorso e pelle ruvida e verde e tutte quelle caratteristiche da drago. Il benessere *è bello, è pulito, è gentile, è comodo.* Grave errore quello dei pittori: Che figura ci avrebbe fatto Sangiorgio se nel quadro lo avessimo illustrato mentre con la lancia perforava un drago buono, bello e gentile invece che appunto orrendo, cattivo e ributtante? Avremmo dovuto mettergli il bel viso di Lissét? È per questo che ne abbiamo dipinto uno mostruoso e malvagio (si difendono i pittori).

Io amavo Lissét ma venne Unocchio e suo zio Mazzaferro e se la portarono via, si sposò presto, ebbe i suoi figli e ci *vedevano* tutti. Unocchio se la prese e io rimasi senza Lissét che piangeva. Nessuno sapeva perché piangesse, quando guardavano il quadro, dato che il drago era stato ucciso che motivo aveva, Lissét, di piangere? (Perché piangete Lissét?, le domandava la gente, si avvicinava, faceva cerchio, mancava poco la soffocava). Io sapevo perché piangeva (perché anche lei mi amava). La colpa è di Mazzaferro che porta le tele, la colpa è di Unocchio che le dipinge se io ho perso Lissét però, se continuo a ripetermi *sono predestinato* con un certo ritmo, mi sento bene. Fin da ragazzo ho sempre saputo di essere *un* predestinato. Io ammazzo i draghi e m'innamoro di Lissét, non sempre la dipingono bene però io me ne accorgo che è lei. La riconosco dall'odore. Anche il drago lo sento dall'odore. È quasi impossibile non accorgersi del

fetore del drago. Ed è impossibile dimenticare l'aroma di Lissét. La mia ricerca di predestinato è quella di diventare me stesso (dice a se stesso Sangiorgio) e i problemi sorgono e mi lacerano quando scopro di non esistere neppure (continua a dire a se stesso Sangiorgio), di essere soltanto un *flusso di energia* a cui hanno dato un nome: Sangiorgio!, e un corpo: questo qui (dice ancora a se stesso Sangiorgio toccandosi con l'indice lo sterno) che cambia sempre, ogni giorno. Inizio a preoccuparmi. Dopo quarant'anni mi dico (dice Sangiorgio a se stesso): Le cose che desidero non accadono quasi mai e quando accadono ho la netta sensazione – da subito – che dureranno poco e quando mi trovo in situazioni in cui non vorrei trovarmi mi chiedo come mai *sempre così*? E continuo a preoccuparmi: Ero o no predestinato all'amore della bella e profumata Lissét? (domanda a se stesso Sangiorgio). Lo vediamo in *campo lungo* con la lancia o la spada (al gusto del pittore di turno) da poco conficcata nella pellaccia del drago. Iniziava a sentirsi preoccupato, sentiamo il suo pensiero come in una voce *fuori campo*: Sangiorgio percepisce che non era così come aveva sempre pensato, sente che Unocchio e suo zio con la tela, il Mazzaferro, l'avevano ingannato. Qualcosa – da dentro, *nel cuore* – gli dice senza usare vocaboli che non avrebbe dovuto uccidere il drago, avrebbe dovuto *parlare* con il drago, avrebbe dovuto *accettarlo*, comprenderlo. Ma non si era forse detto fin dall'infanzia che lui era il predestinato? Sì, se l'era detto. E poi era facile: c'era il drago che era cat-

tivo e c'era il cavaliere Sangiorgio che era buono, lo testimoniavano decine e decine di dipinti, di scritti e di analisi. Ma anche il drago era buono e amava Lissét, ma Lissét non lo amava perché in questo anche Lissét era come la galleria Naomi – era confusa – non sapeva vedere *dietro* il drago. Avrebbe invece dovuto guardare *oltre* il drago la bella Lissét ma Unocchio la dipingeva così e Mazzaferro, suo zio (di Unocchio), portava le tele. In più, io ero profondamente cattivo, ero malvagio. È per questo che Unocchio e suo zio Mazzaferro mi portarono via Lissét; io avevo il vestito da cavaliere, ma non ero Sangiorgio, ero sempre stato il drago. Non era più tempo di andare a *cercare* il Sacrogral. Cercare e quindi bere il Sacrogral era *restare* immobili: Paura e passione (ripetevo), era questo che veniva fuori quando restavo immobile. La paura rende cattivi, la passione pure: Avversione e bramosia (ripetevo). Paura e passione, paura e passione, e cercavo di stare immobile. Stai immobile (diceva Sangiorgio) che ero io, ma non ce la facevo: Sono il drago (dicevo). Sono il drago non sono Sangiorgio (dicevo). Sangiorgio era buono, io avrei voluto essere Sangiorgio, avrei voluto amare Lissét, ma apparve Unocchio seguito da suo zio Mazzaferro e si prese Lissét, la portò via. Feci solo in tempo a vedere i puntini scuri che riempivano il viso di Unocchio: pareva avesse del fango sulla faccia. A otto anni si era messo a giocare con una pallina, la tirava su, la tirava giù. Giocava da solo. L'aveva trovata in una buca (disse suo zio), era una strana pallina e forse per questo a Unocchio ven-

ne voglia di aprirla, di conoscerla meglio, di vedere cosa c'era dentro. La pallina era di metallo, tutto a un tratto era apparso Mazzaferro, si era messo a gridare – strano, lui sempre così calmo – gridava buttala, buttala e Unocchio si è spaventato, non capiva perché lo zio gridasse in quel modo per una pallina e aveva fatto un gesto per lanciarla verso l'alto, ma la pallina all'improvviso si era aperta ed era uscito un lampo e un fuoco e un botto, sembrava la bocca di un drago inferocito e una zampata gli ha strappato l'occhio, ha riempito il suo viso di bambino per sempre di fango. Mazzaferro era stravolto, non ha detto niente al bambino, Unocchio neppure se n'era accorto di quel che era successo: è stato lì che Mazzaferro ha deciso di portare le tele. Sono rimasti sempre uniti: Unocchio e suo zio, il primo dipinge, il secondo porta le tele. Sangiorgio era felice solo quando non uccideva il drago: Io, Sangiorgio il drago, ero finalmente *uno* e quando l'essere umano è *uno* è allora che *diventa* felice. Quando ama è uno (diceva Sangiorgio) ma intanto uccideva il drago per Lissét e *perdeva* Lissét attraverso Unocchio con suo zio Mazzaferro. Per colpa dei pittori, dei maestri dell'arte figurativa, Sangiorgio non poteva essere uno. La colpa non è nostra (rispondevano risentiti i pittori), la colpa è nell'*Apocalisse* (assicuravano i cosiddetti *artisti decorativi*) scomodando persino La Bibbia: *Egli afferrò il dragone, il serpente antico, cioè il diavolo, Satana, lo legò per mille anni, e lo gettò nell'abisso che chiuse e sigillò sopra di lui*... si misero a sorpresa a recitare i pittori: Il drago è il Diavolo, dissero

di seguito senza pausa, è Satana e quindi va ucciso, dissero in coro (sembrava fossero allo stadio). Ma il male non va ucciso (si scalda Sangiorgio), avrebbe senso uccidere la morte? (domanda Sangiorgio), come si fa a uccidere la morte? (domanda ancora Sangiorgio senza attendere risposte).

Unocchio chiede a Mazzaferro una tela e lo afferra per la manica e la tira. Non mi tirare, non mi tirare (dice Mazzaferro, suo zio) ma Unocchio ha fretta – aveva sempre fretta nei momenti creativi – Unocchio nella fessura dove era esplosa la bomba avrebbe potuto infilarci un occhio di vetro, così non l'avrebbero chiamato Unocchio bensì Occhiodivetro, ma Unocchio aveva in effetti soltanto un occhio perché al posto dell'altro c'era una montagnetta di fango secco ammonticchiato e tamponato ben bene da piccole manine come se un bambino avesse iniziato a costruire un castello sulla spiaggia. Prima tela: un paesaggio naturale, campestre. Sullo sfondo la bella e spaventata Lissét. Davanti a lei, un po' di lato e in *primo piano*, il drago che lancia fiamme dalle fauci nella direzione di chi guarda il quadro. Sembra quasi che il drago ce l'abbia con noi. Seconda tela: stessa scena in *campo lungo* a cui si aggiunge Sangiorgio di spalle su un cavallo bianco (il pittore indugia sulla coda alzata e gli attributi sessuali dell'equino), la lancia è in resta, al galoppo verso il drago e Lissét. Terza tela: primo piano del cavaliere che si ferma e scende dal destriero, alza la visiera, osserva insieme a noi il drago e Lissét senza *avversione* né *bramosia* (Unocchio è un pittore

fantastico!, dice piano Mazzaferro). Quarta tela: *controcampo* del drago in *primissimo piano*, emette versi terribili, lancia lingue di fuoco nel cielo cupo, sente la *calma* e quindi la *forza* di Sangiorgio e si imbestialisce come solo un drago riesce a fare. Lissét, sul fondo, è solo un puntino da indovinare (mai visto niente di tutto questo neanche nella galleria Naomi, dico io). Quinta tela: Sangiorgio è seduto a fior di loto, si è sfilata l'armatura, l'elmo, allentato i pantaloni all'altezza dell'ombelico – respira bene – la lancia è conficcata per terra con la punta nel terreno a cinque passi dal drago. La spada è snudata, di traverso sul prato, a fianco di Sangiorgio. Si sente il fetore del drago (Unocchio sublime!, dice sottovoce Mazzaferro) ma anche l'odore dolcissimo di Lissét: un profumo che rende forti (dà alla testa, pensa Mazzaferro, sennò chi mai si siederebbe, disarmato, a gambe incrociate e occhi chiusi a cinque passi da un drago puzzolente e pieno di furore?, pensa Mazzaferro mentre si appresta a passare la sesta tela al suo nipote amatissimo). Sesta tela: nel paesaggio campestre, un po' sbruciacchiato dall'alito del drago, si coglie uno inconsueto scenario – eccolo: Sangiorgio è seduto da un'ora (e qui Unocchio è preciso) nella posizione del fior di loto e gocce enormi di sudore trasfigurano il suo scarno viso da santo. Le gambe non le sente più e se potesse staccare le mani – che sono *insertate* (per dirla alla Mazzaferro) una sull'altra e agganciate con i pollici (dorso su palmo, entrambe poggiano sulla pancia – peraltro inesistente bisogna ammettere – del pur quarantenne

Sangiorgio) – se potesse staccare le mani, si diceva, che sono ormai una mano sola ma sia pure – se potesse – con le mani si agguanterebbe gli arti periferici e con una leggera pressione – così come si usa fare a tavola con le cosce dei polli d'allevamento – staccherebbe in un sol colpo entrambe le sue gambe lanciandole con piacere in pasto al drago. Quale drago? Il drago, nel dipinto, pare calmo (che artista!). Il suo alito è spento ed esce fumo dalle narici grandi e tonde, è a due passi da Sangiorgio – con le gambe smontate tra bulloni che rotolano e rondelle che girano – accovacciato su di lui, l'annusa; ha oltrepassato anche la lancia conficcata nel terreno. E come la lancia è dritta così è la mia schiena, quella di Sangiorgio, e emette scricchiolii, pare che si spezzi, il cavaliere sospira: Tutto cambia (dice) e il drago, rumorosamente, si siede accanto a lui (Unocchio, che pennello! Che occhio, che visione!). Nella settima tela si scorge il terzetto così composto: al centro è seduto Sangiorgio intento a massaggiarsi le proprie gambe semiparalizzate, alla sua destra c'è il drago che si fuma una sigaretta rudimentale e alquanto grossa (senza bisogno dell'accendino, pensa e ride tra sé e non si ferma più Mazzafer-ro) e alla sinistra di Sangiorgio è seduta, con le mani belle e curate, appoggiate sulla gonna, Lissét: è pensierosa ma sorridente. Non doveva Sangiorgio conficcare la lancia nel petto del drago, scendere da cavallo, abbracciarla, annusarle la fronte aspirando il suo odore, baciarla e condurla via con lui? O anche, non doveva calare la bruma e lei – Lissét – esser condotta

via da Unocchio mentre Sangiorgio ripeteva un debole e quasi inudibile *...qui, sono qui*? Era perplessa, qualcosa non andava, lei però si sentiva bene, le era simpatico il drago e il sigarettone gli conferiva un bel tono, fumava, se ne stava tranquillo e in fondo, con un po' di abitudine e di tolleranza forse non puzzava neanche così tanto e poi stava bene accanto a questo Sangiorgio umano che ora si massaggiava le ginocchia e aveva l'aria serena. Purtroppo per una spiacevole dimenticanza di Mazzaferro – che era un distratto – di colpo terminarono le tele. L'ottava tela (chiese Unocchio, senza voltarsi, a Mazzaferro), ma Mazzaferro non risponde. La tela (ripete Unocchio). La tela (si mette a dire Mazzaferro). Unocchio – senza staccare quell'unico occhio che ha dal suo ultimo componimento artistico e decorativo – prende, a colpo sicuro, per la manica la manica della giacchetta di Mazzaferro. Non mi tirare! Non mi tirare (dice immediatamente Mazzaferro nel suo modo lento e lagnoso come se avessero avviato un carillon), Non mi tirare (fa). Unocchio è secco, il suo ritratto è disegnato su tutti i cavi elettrici dell'alta tensione, non è piacevole trovarsi contro un tipo come Unocchio, per questo Mazzaferro, lo zio, (dice): Le tele sono finite, (non dice): *Le ho dimenticate* ma *sono finite*. È questa la sua unica speranza, è questa l'unica linea difensiva: è come toccare un filo della luce, Unocchio si gira di scatto e di scatto applica l'occhio sull'espressione preoccupata di Mazzaferro, sembra quasi che dall'altro lato del viso di Unocchio, là dove prima ce n'era un

altro – di occhio – il grumo di fango si stacchi dall'orbita e vada contro il viso di Mazzaferro, sui suoi occhiali grigi e sui suoi capelli grigi, radi e pettinati all'indietro. L'occhio di Unocchio e il fango di Unocchio, attraversano insieme e in un lampo tutto il corpo dello zio, la sua bella pancia da sessantottenne, i pantaloni grigi con una macchia grigio-scura sul lato destro, le bretelle nere, la camicia bianca stirata da lui stesso, le scarpe con le stringhe: Hai dimenticato le tele (dice strozzato Unocchio), non abbiamo tele mentre sto *creando* (dice in un sussurro disperato Unocchio). Mazzaferro intuisce la catastrofe ma è tardi, tenta di rimediare anche se conosce suo nipote ma tant'è, la ruota gira, il rituale, la commedia della vita: Dovevo mettermelo nel pensiero (dice, dispiaciuto, nel suo strano e buffo e lento modo di parlare). Per Unocchio è un ordine, un segnale, uno squillo di tromba. Immobile, con ancora la manica di Mazzaferro stretta nella mano, osserva le tele ancora fresche, le guarda con attenzione, quasi fissamente: all'improvviso sembra che sia alla galleria Naomi. Pare quasi che la mano sull'alta tensione eviti la scarica mortale: nessun grido, nessuna imprecazione, nessuna offesa a Mazzaferro, nessuna scenata. Unocchio ha l'unico occhio spaventosamente dilatato, guarda le tele e le osserva con fissità, *zam*! Tutto a un tratto la mano di Unocchio – che è una mano di ferro – abbandona la manica di suo zio e si dirige sulla prima tela, fa a pezzi il drago – che ce l'ha con noi – libera l'incredula e spaventata Lissét, la estrae – in un sol bel gesto – dal-

la tela sana e salva. Lei sorride, ringrazia, fa un inchino. A nulla vale il goffo tentativo di Mazzaferro di salvare la vera arte, a nulla vale il tentativo lento e tardivo di Mazzaferro di salvare l'unicità di Sangiorgio e il drago, a nulla vale la sua frase: Vado a prendere altre tele. Il problema è che le tele non c'erano in un momento di *creazione*. Che importanza avrebbe *ora*, avere anche cento, mille, diecimila tele e colori e pennelli e china? Ora *non è* un momento di creazione. A cosa era servito gridare buttala!, buttala!, mentre Unocchio sbatteva la bomba sulle pietre – intendeva aprirla quella strana pallina, esaminarla – a cosa era servito l'urlo disperato dello zio? E come mai all'improvviso Mazzaferro era corso fuori in preda al panico, nella strada di campagna – dove abitava da sempre con Unocchio suo nipote, *te l'affido* aveva detto la sorella di Mazzaferro prima di morire, *abbi cura di lui*, aveva ripetuto. Sua sorella era bionda, come Unocchio, con le grinze sul viso, come Unocchio, anche se Unocchio era un bambino di otto anni aveva già le grinze di sua madre, gli occhi azzurri di sua madre, irrequieti, adesso ne aveva uno di occhio Unocchio, *te l'affido* – perché era corso fuori Mazzaferro? Come se sapesse della bomba e *blam* la *pallina* si è lasciata esaminare dal bambino prendendosi in cambio il suo bell'occhio destro e la sua mano. Per questo Mazzaferro portava le tele, Unocchio dipingeva con la sinistra, nel moncherino pieno di fango – aveva infilato come un guanto – la sua mano di gomma dura, sembrava sempre che volesse stringere qualcosa, quella

mano di gomma, che volesse prendere, tirare, Non mi tirare, non mi tirare (iniziava il suo lamento Mazzaferro): Vado a prendere altre tele (dice ancora) ma Unocchio disarciona Sangiorgio dal secondo quadro, afferra il terzo e sfonda il viso del cavaliere con la protesi di gomma dura che pare ferro, con le unghie della mano sana graffia – fino a sanguinare – la quarta tela e toglie fuoco e fiamme al drago che così disarmato non sa più che fare. Si precipita sulla quinta: impugna la spada abbandonata da Sangiorgio, respira gli effluvi dolcissimi della bella Lissét, taglia con un colpo netto e – bisogna riconoscere – ben assestato la testa puzzolente del drago che schizza sangue e umori sulla bocca di Unocchio, a Unocchio – con la lama inzaccherata di sangue e di liquidi vari – viene la nausea, vomita, è scosso da fremiti, è preso dai sensi e dalla passione: sente a tratti l'odore buonissimo di Lissét, che dà alla testa (sussurra impotente Mazzaferro) ha una erezione, desidera immediatamente la donna, la cerca (con la spada in mano, un occhio azzurro spalancato, un braccio offeso, sembra un selvaggio guerriero (mio nipote!, dice soffocato Mazzaferro, fiero ma commosso), la cerca ed è colpito dal fetore del drago – gli viene in mente una canzone: L'importante non è/che sia bella/L'importante è/che abbia un buon odore!, e si distrae – il drago muove contro di lui senza la testa e lo disarma: Unocchio è senza un occhio e senza mano, adesso è senza spada, il drago è senza testa, Unocchio ha ancora l'erezione ma vomita di nuovo centrando in pieno la sesta tela,

sporcando la *pace* che lì aveva da poco dipinta. E rompere la pace, si sa, fa imbestialire di più. Unocchio afferra l'ultima tela e con essa la lancia di Sangiorgio, la conficca in quel che resta del drago, cala la bruma come cala un sipario rosso di sangue, Sangiorgio disperato massaggiandosi ancora i ginocchi cerca e chiama Lissét in mezzo a quel che resta dei quadri ma non la vede, lei neppure lo riconosce e Unocchio stringe tutta Lissét in un'unica mano (quella buona, fa subito notare Mazzaferro) e la strappa viva dalla tela, le fa a pezzi le vesti e consuma la sua passione davanti allo sconsolato Mazzaferro che piano piano e lentamente raccoglie i resti, si aggira come un becchino sul campo di battaglia: Dio ci vuole e ci segue, noi siamo qui, quando il Signore vuole ci viene a prendere, che possiamo fare, noi? (dice Mazzaferro).

Se Mazzaferro non avesse dimenticato le tele avremmo, oggi, nella galleria Naomi – in camera di Naomi – i Sangiorgio più veri e più belli. Niente a che vedere con gli Andrea Mantegna, i Pollaiolo, i Tintoretto. Niente a che vedere con i Vitale da Bologna, i Paolo Uccello, i Carpaccio. Guarderemmo solo e soltanto quelli di Unocchio. Ma Mazzaferro era un distratto, Devo mettermelo nel pensiero (diceva) ma non se lo metteva, si distraeva, dimenticava: dopo l'esplosione della bomba a mano nella mano di Unocchio, suo nipote amato come un figlio – Abbi cura di lui (disse sua sorella) – Mazzaferro, lo zio, ripetendo a voce alta È morto è morto, prese quel che rimaneva del bambino: Fango e sangue fango e san-

gue (come ripeté, più tardi, comprensibilmente scosso, agli agenti) – e si diresse a piedi verso l'ospedale. Sono vivo, guarda che sono vivo (diceva il bambino) e lo diceva in modo tranquillo, senza piangere. All'ospedale presero il bambino e dissero a Mazzaferro Aspetti lì e lo lasciarono in una piccola sala d'attesa in compagnia di una anziana tutta bianca distesa sul lettino che piangeva e voleva urinare. Di fronte a lui un ometto, seduto su una sedia a rotelle, con una flebo nel braccio lo fissava in silenzio. Avrebbe dovuto conoscerli pensò Mazzaferro perché in un paese si conoscono tutti, pensò.

Mazzaferro era distratto e fuori di sé, ma all'improvviso ebbe comunque un'illuminazione e si precipitò quasi correndo fuori dall'ospedale: A casa si disse. Il novelungo (si ripeteva di nascosto dentro di sé). Il novelungo, le munizioni. A casa c'era tutto, mancava solo la bomba a mano. Potranno sempre servire (gli aveva detto suo padre) Abbine cura (gli aveva detto). Abbi cura di mio figlio (aveva detto la sorella di Mazzaferro). Mazzaferro non riusciva a ricordare dove avesse appoggiato la *pallina.* Prese le munizioni, prese il novelungo e in fretta e senza cura fasciò tutto con uno straccio, infilò l'involto in una busta di plastica e corse giù nella piccola valle dove abitava da bambino. Perché ho sempre rimandato? (si disse) mentre scavava vicino all'albero delle mimose (a quell'albero, da ragazzo, aveva persino dedicato una poesia, Mazzaferro!). Mi sembrava tutto nascosto per bene a casa (si disse) ma non riusciva a ricordare dove avesse appog-

giato quella bomba. Era come se la vedesse distintamente in un punto preciso della casa però non riusciva a dire il nome di quel punto e, non venendogli il nome, se ne andava anche l'immagine del luogo. Era come se il nome fosse il luogo. Cucina (diceva) mentre scavava, ma non veniva il nome del punto esatto e la cucina spariva. Camera da letto (e scavava) ma non veniva il nome esatto e la granata spariva. Scavava, bagno!, scavava, corridoio!, scavava, la sirena, le guardie, lui tranquillo termina il suo lavoro, gli agenti suonano alla porta, lui veloce verso l'ospedale. Loro in salita, davanti al suo portone, lui in discesa, nella valle di suo padre. Suonano ancora, Non c'è (dicono), vanno anche loro verso l'ospedale. Si faceva prima passando per il sentiero che lui chiamava la *stradina*. Mazzaferro è nella stessa sala d'attesa, sembra quasi non si sia mosso: la vecchia bianca e distesa sul lettino chiede ancora di poter fare la pipì, l'uomo piccolo con la flebo guarda Mazzaferro mentre entra. Questa volta lo fissa in un modo strano, come se fosse stupito di rivedere Mazzaferro (pensa Mazzaferro); in particolare – l'uomo piccolo sulla sedia a rotelle e con la flebo – fissa la mano destra di Mazzaferro. Cosa vorrà da me?, (pensa Mazzaferro eppure lo dovrei conoscere pensa Mazzaferro) e istintivamente si guarda la mano destra: Mazzaferro si sa è un distratto. Nella mano scopre di avere una zappetta richiudibile, abbastanza nuova, simile a quelle che usano i campeggiatori ed è in quel momento che la porta della sala d'attesa si apre, entra una divisa tutta bianca e la faccia che c'è

dentro sorride a Mazzaferro: Non c'è pericolo di vita (dice). È grave ma lo salviamo (dice). Posso vederlo? (domanda Mazzaferro), la mano? (fa). Occhio e mano perduti (risponde il medico ma lo dice dolcemente), tre costole rotte, qualche leggera ustione sull'addome e sul viso, nessuna scheggia in organi vitali (dice quasi contento). Perché l'uomo costruisce le armi? (domanda al medico, Mazzaferro). Il medico forse si accorge per la prima volta di Mazzaferro: vede un uomo con il viso tremendamente pallido, macchie di sangue sulla camicia, una zappetta richiudibile sporca di terra in mano, (dice): Questa zona non è stata bonificata, è ancora piena di residui bellici della guerra, e crede così di aver risposto a Mazzaferro. Il dottore è calvo, ha la barba, gli occhiali tondi, è alto, più alto di Mazzaferro, un po' curvo su di lui: si stringono la mano. Il camice si gira, scompare dietro la porta, Mazzaferro è nel bagno dell'ospedale, ha lasciato nel cestino la zappetta richiudibile, si è lavato il viso e le mani. Rientra nella sala d'attesa e non trova più né la vecchia bianca né l'uomo piccolo con la flebo ma due funzionari. Il signor Mazzaferro? Può seguirci? Formalità, (dice uno dei due molto in fretta) e a Mazzaferro pare che parlino in coro.

Se Mazzaferro non fosse stato così distratto – come invece era – forse Unocchio non avrebbe preso la bomba a mano anche se bisogna ammettere che dopo l'esplosione della granata Unocchio divenne un pittore, anzi *il pittore*: i suoi quadri erano vivi e lui li faceva a pezzi – per responsabilità diretta di Mazza-

ferro – (come la bomba aveva fatto a pezzi lui per colpa di Mazzaferro). Se osserviamo insieme – nella galleria Naomi in camera di Naomi – il Sangiorgio e il drago del Tintoretto (Lissét fugge in primo piano verso di noi mentre Sangiorgio e il cavallo sembrano addirittura uniti contro il drago intento ad aggrapparsi alla roccia per non finire in mare) oppure del Vitale (Anche qui cavallo e cavaliere uccidono il drago mentre Lissét – di cui si scorge appena la testa – osserva trattenuta e passiva), se osserviamo insieme ci accorgiamo immediatamente che non dicono nulla – o meglio – non dicono la *verità* (Ma che cos'è la verità? Chiese Ponzio Pilato a Gesù e Gesù non rispose). Immaginiamo di osservare, ora – sempre nella galleria Naomi in camera di Naomi – il Sangiorgio e il drago di Unocchio: stiamo seduti e non diamoci un tempo, prima fissiamo bene Sangiorgio poi fissiamo bene il drago, entriamo in Sangiorgio poi entriamo nel drago. Quindi Lissét, sullo sfondo; riguardiamo Sangiorgio poi il drago, fissiamo Lissét. Entriamo in Lissét, restiamo calmi: mi ricordo da bambino, avevo come un appuntamento segreto. La sera. Prima di cena. E poi anche dopo cena quando ero un ragazzo, un breve momento. Me ne andavo alla finestra, mi appostavo sul terrazzo e restavo lì a guardarla, Lissét. Mi piaceva tanto, mi sentivo felice *nel* guardarla. Appariva, scompariva, io restavo fermo, immobile, ad osservarla. Lei era sempre indaffarata, aveva l'aria di sbrigare molte faccende. La seguivo con lo sguardo, la sua immagine incorniciata da una finestra, piccola,

grande, lei sul terrazzo, la sua ombra proiettata dalla luce accesa sui fori della saracinesca, la sua forma sulle tende, il riflesso, lei in controluce. Sapeva che la osservavo: i quadri sono fatti per questo (direbbe Mazzaferro). Ogni tanto lei gettava uno sguardo verso di me. Ogni tanto c'incontravamo con gli occhi (così pensavo) anche se gli occhi, da quella distanza – lei era ritratta in disparte, quasi sullo sfondo – non ero in grado di vederli. Eppure ero *così* felice. Guardarla era *l'occupazione* della mia sera (altro che tecnologia! – Mazzaferro). Si ama soltanto e sempre la stessa donna, l'avrei conosciuta, saremmo stati insieme. Ero o no un *predestinato*? (mi dicevo avvinghiato al terrazzo). M'inventavo i suoi gesti, ecco!, ora fa questo, ora fa quello (dicevo) e intanto la guardavo. Ecco!, ora penserà questo, mentre si muove così penserà a me; si sveste, si cambia e pensa che io sia lì a guardarla (osservavo), spegne la luce, esce dalla stanza (osservavo), accende la luce, entra nella stanza (osservavo), non mi muovevo da lì. E intanto mi guarda (pensavo), si pettina i lunghi capelli e mi guarda (pensavo). A pensarci bene Lissét non era bella ma aveva un buon odore. Non un profumo, un odore di pelle. E l'odore la faceva bella. Era qualcosa che assomigliava al glicine, che gli andava vicino ma non come il glicine, quasi come il glicine oppure oltre il glicine. Aveva l'odore del glicine su tutto il corpo: nella bocca, sulla fronte, nella nuca tra i capelli. Tra le cosce, nell'ano, nelle dita dei piedi. Non aveva odori diversi determinati dal sudore, dai peli,

dalle stoffe. Lissét aveva la stessa identica fragranza dappertutto: intontiva, Lissét. Dava alla testa. Era un olio essenziale molto concentrato.

Mazzaferro era stanco, quasi accasciato sulla sedia nello stambugio in cui l'avevano condotto i due agenti. Non seppe spiegarsi perché tutto a un tratto si ricordò del suo periodo di cure termali. Non si sentiva a disagio nel bugigattolo, non lo trattavano male i funzionari, con sospetto – quello sì – nella maniera in cui ogni guardia tratterebbe una persona "normale", come se all'improvviso si attendessero qualcosa, che potesse accadere qualcosa e cambiasse il corso del ripetitivo interrogatorio, c'era in loro quasi una sorta di dispiacere, di attenzione, come se a Mazzaferro da un momento all'altro potesse venire un infarto, *l'aria* era quella, uguale a quella che si respirava nello stanzino *fanghi e bagni* delle terme in cui Mazzaferro era stato in cura anni prima. Ricordava l'infermiera bionda che l'aveva sgridato per via che Mazzaferro non si era coperto le parti intime con il piccolissimo asciugamano. Lei non sapeva che Mazzaferro era distratto, pensava fosse un vecchio maniaco a cui piacesse insolentire le infermiere di mezza età. L'infermiera però, dopo le asprezze del primo giorno, si era fatta più gentile. Mazzaferro notò che per tutti i dodici giorni delle cure termali durò tra loro un dialogo singolare, reiterato e anche piacevole, rassicurante. E, strana coincidenza, anche l'interrogatorio durò dodici giorni.

Buongiorno (diceva l'infermiera bionda in divisa azzurra con un sorriso – Mazzaferro notò sin dal pri-

mo giorno che aveva sempre un bottone slacciato sulla schiena all'altezza dell'allacciatura del reggiseno immancabilmente nero).

Buongiorno (risposta di Mazzaferro).

Ecco, si può spogliare di qua (diceva l'infermiera indicando a Mazzaferro uno stanzino attiguo) poi, di seguito: Vado a prendere il fango (la parola *fango* veniva dilatata dal trascinamento di una *a* lunghissima e diventava *faaaango* e la parola stessa riusciva a permettere all'infermiera i seguenti gesti: chiudere la porta – che dava sul corridoio – dello stanzino-spogliatoio di Mazzaferro, attraversare la pur piccola stanza con le scritte *Salso jodica f. Salso jodica c. Disinfettante,* aprire l'uscio, uscire e richiudere la porta.

Sì (risponde Mazzaferro), l'infermiera appare con un secchio colmo di fango fumante, le manca la cazzuola e sembra un muratore, Seduto (dice) a Mazzaferro sdraiato su un lenzuolo di cellofane e nudo come un verme con un quadratino di asciugamano sul suo apparato riproduttore stanco. L'infermiera spalma ben bene il fango di *cinquanta* gradi sulle spalle e la schiena un po' ricurva di Mazzaferro che ha un fremito di dolore e piacere assieme: Si sdrai (dice decisa), gomito (dice), alzi (comanda) e impiastra il gomito di Mazzaferro, gomito (e intende l'altro) giù (dice, facendo abbassare l'altro gomito di Mazzaferro sul lettino impiastrato di fango bollente). Qual è la mano, oggi? (domanda) a un mezzo bruciacchiato ma felice Mazzaferro e spalma per bene una delle due mani dello zio di Unocchio. L'infermiera ha svuotato

il secchio e con la mano senza fango, tenendo alta su di lui quella col fango, copre Mazzaferro prima con il lenzuolo di cellofane poi con la coperta di lana pesante rivelando forza e abilità. Vengo a vederla (dice), sì (risponde Mazzaferro), aziona il *timer* e scompare dallo stanzino. Per un po' di tempo si sente solo il *tic tac* dell'orologio che Mazzaferro segue con la coda dell'occhio mentre nel frattempo si gode il fango caldo e suda, suda, suda. Osserva le piastrelle color senape e legge sui rubinetti bianchi molte volte la scritta Salsojodica f. Salsojodica c. Disinfettante. Tic tac tic tac. Si apre la porta: Come va? (Mezzo viso e la voce dell'infermiera, pare a Mazzaferro di vedere Lissét di Vitale da Bologna). Bene, grazie (dice a fatica Mazzaferro) con la fronte piena di sudore. Si chiude la porta. Tic tac tic tac. Salsojodica f. Salsojodica c. Disinfettante. Stac!, si arresta il contatore, si apre la porta di scatto come se l'infermiera fosse rimasta per tutto il tempo con la mano sulla maniglia dietro l'uscio: Andiamo in acqua (dice l'infermiera trascinando ora le *a* della parola acqua e aprendo di scatto – uno alla volta – i due rubinetti Salsojodica f. Salsojodica c., leva la coperta e scarta Mazzaferro e un rumore di cellofane si alza e si sparge nello stanzino mescolandosi a quello dell'acqua salsojodica che si rovescia nella vasca. Completamente nudo e senza rifugio per gli attributi sessuali – che ora per forza debbono essere scoperti e dondolare penzoloni davanti all'infermiera che non lo sgrida – Mazzaferro entra nella vasca. Buon bagno (dice l'in-

fermiera) e lo lava ben bene con una enorme spugna gialla. Grazie (dice Mazzaferro) frastornato e sudato e anche emozionato. Vengo a vederla (fa l'infermiera con il solito *trattamento* della *a*) e aziona il tic tac, Sì (risponde Mazzaferro) tic tac tic si apre l'uscio di scatto, il prevedibile mezzo volto di Lissét, i capelli biondi, la divisa azzurra, il come va? Bene, grazie (risponde dall'oltretomba Mazzaferro) ma l'infermiera non ci crede e resta a guardarlo come si spia – mezzo viso di Lissét – tic tac tic tac, gli si avvicina e con una pezza bianca picchietta la sua fronte grondante di sudore: Vado a prendere la biancheria (dice) l'infermiera con un sorriso, chiude la porta, tic tac tic tac… stac!, riapre: Ecco (canta l'infermiera tenendo per un bel po' lontane e sospese tutte le *e* della parola *ecco* per poi di colpo farle cadere sulle due *c* e sulla *o* come un martello batte su di un sasso). Mazzaferro esce dall'acqua e va di schiena verso le mani aperte dell'infermiera che lo attendono con un gran telo aperto e bollente, è avvolto nel telo, sospinto leggermente nello stanzino-spogliatoio: Venga di qua (dice l'infermiera), vuole la coperta? (dice l'infermiera), Se serve (controdomanda un Mazzaferro in estasi ma allo stremo), Sì (dice l'infermiera), bisogna che faccia reazione e quando Mazzaferro stramazza sul lettino lei l'avvolge con la coperta di lana e sorridendo (dice): Buon pranzo e buona giornata. Grazie, anche a lei, signor Funzionario; gli stringe la mano – Mazzaferro – al Funzionario, quello che parla, anche se pare parlino in due, come in coro, come due bocche

simili col labbro superiore cancellato da baffi non più neri. È tutto sudato, Mazzaferro, ma anche oggi è andata, ha resistito fino alle dodici e trenta minuti perché a quell'ora, alle guardie, servono il pranzo.

Si può dire che Unocchio fosse pazzo perché dopo l'esplosione – aveva appena otto anni – e poi per tutta la vita si era messo a dipingere sempre lo stesso quadro? Oppure perché metteva sempre l'identico titolo? Era forse pazza anche Naomi che nella sua camera aveva soltanto decine e decine di Sangiorgio e il drago? Anche Naomi, a suo modo, era un'artista, prendeva gli oggetti e li spaccava in due: libri, ferri da stiro, brocche, scolapasta. Praticava loro dei piccoli fori, dei buchini, con pazienza e metodo, li suturava con lo spago, nella cucina grande, sul tavolo di legno massiccio che aveva le gambe a zampa di leone. Adagiava gli oggetti che lei stessa aveva ferito e in questo suo ospedale da campo privato *cuciva i punti*, suturava, disinfettava fino a quando aveva preso a fare a pezzi anche le amate tele di Sangiorgio e il drago, dopo, naturalmente, aver suturato e cucito, cucito e suturato tutta la casa. Non aveva risparmiato il letto, l'asse del water, il paralume; c'era spago sulle casse dello stereo, sui tendaggi, il portaombrelli. Nella galleria Naomi – la sua camera – Naomi allestiva le mostre, esponeva i suoi lavori e i lavori di altri artisti viventi per lei meritevoli. La prima volta che vidi in galleria Naomi un Sangiorgio e il drago suturato in più punti era nel periodo più amato da Naomi: il settembre di fine estate. Nel settembre d'inizio autunno io rimasi mol-

to turbato: L'avevo giudicata male (iniziai a ripetermi mentalmente) restando in piedi, fisso, davanti allo spago senza dirle nulla e me ne andai e tornai alla fine di ottobre, ed era un autunno tiepido e come di consuetudine andai nella galleria Naomi – in camera di Naomi – lei mi lasciava solo, mi preparava il tè come aveva fatto sempre e insieme ai dolcetti mi aspettava nel salotto della sua bella casa piena di libri e di mobili antichi. I sangiorgi e i draghi mi aspettavano; nell'aria – quel giorno – c'era come qualcosa di elettrizzante, avevo quasi timore ad entrare nella galleria Naomi, esitavo, all'improvviso buttai lo sguardo sulle tele: No! (dissi tra me), allora *ha capito* (dissi tra me) l'avevo giudicata male (dissi tra me), giudicata male, male, male (dissi e ridissi ancora tra me): vidi nei quadri di tutti i Sangiorgio e il drago uno spago sottile e leggero che cuciva e quindi *teneva insieme* tutti i Sangiorgio e tutti i draghi tagliati a metà o fatti a pezzi dalle mani curate e in apparenza inoffensive di Naomi. Aveva prima cucito – con pazienza e metodo (come diceva lei) perforato e cucito il drago, Lissét, Sangiorgio (uno spago sottile teneva insieme uno squarcio orrendo dentro di loro) e poi sempre con metodo e pazienza aveva suturato facendo passare uno spago più spesso da Sangiorgio al drago a Lissét come se avesse voluto stringerli in un abbraccio. Allora *sa* (dissi tra me), Naomi teneva insieme l'*uno*, era uscita allo scoperto (dissi non più tra me a voce quasi alta) e uscii dalla galleria – camera Naomi – la trovai seduta sul divano con le gambe da un lato sotto il

vestito, con gli occhiali argentati sfogliava una rivista e mi attendeva, sul tavolino c'era la tciera fumante (suturata sul coperchio con un filo di ferro), c'erano le tazze, i biscotti dolci. Sangiorgio entrò senza dire una parola, il suo viso era colmo di emozione, di riconoscenza per Naomi. Lei alzò appena lo sguardo e a veder bene anche sulla montatura dei suoi occhiali c'era lo spago. Appoggiò la rivista – sul tavolino dalle zampe di leone tutte cucite – con un bel gesto che pareva studiato ma spontaneo, così, com'era ogni suo gesto da *borghese* e stava per dire qualcosa (*Il tè è pronto. Eccoti qua*) ma Sangiorgio, rapace, le prese la bocca e mentre era nella bocca la prese, vestita, sul divano.

Per dodici giorni Mazzaferro dovette trascurare la sua attività lavorativa, di fatto chiuse il suo piccolo laboratorio di pelletteria perché ogni mattina veniva convocato dagli agenti e uscito da lì andava da Unocchio, all'ospedale.

Buongiorno (diceva il Funzionario e pareva si muovessero due bocche con i baffi).

Buongiorno (rispondeva Mazzaferro).

Si accomodi (invito del Funzionario).

Grazie (Mazzaferro).

Suo padre era un *ribelle*? (Funzionario).

Sì (Pellettiere).

Non le ha lasciato armi da fuoco? (Funzionario con i baffi e con due bocche).

No (Mazzaferro pellettiere).

Ci pensi (diceva Funzionario), e abbandonava la stanzetta dell'interrogatorio, chiudeva la porta. Rien-

trava (mezzo viso e mezzo baffo di Funzionario), Allora? (chiedeva).

No (Mazzaferro sudato) e la divisa richiudeva la porta...

Buongiorno (sorriso dell'infermiera).

Buongiorno (sorriso di Mazzaferro).

Ecco, si può spogliare di qua.

Sì.

Vado a prendere il fango.

Sì.

Seduto, si sdrai, gomito: alzi, gomito: giù, qual è la mano oggi?... Vengo a vederla.

Sì.

Tic tac tic tac (uscio che si apre all'improvviso, mezzo viso di Lissét): Come va?

Bene grazie.

Tic tac tic tac *stac!* (morte del tempo).

Andiamo in acqua.

Sì.

Buon bagno.

Grazie.

Tic tac tic tac *salsojodica f salsojodica c* tic tac tic tac *disinfettante* tic tac tic tac.

Vengo a vederla.

Sì.

Tic tac tic.

Come va? (altro uscio aperto di scatto, altro mezzo viso dell'infermiera).

Bene, grazie.

Tic tac tic tac *stac!*, (morte del tempo).

Vado a prendere la biancheria.

Sì.

Ecco. Venga di qua: vuole la coperta?

Se serve...

Sì, bisogna che faccia reazione... buon pranzo e buona giornata.

Grazie, anche a lei... signor Funzionario.

Va in ospedale?, (chiede Funzionario).

Sì (Mazzaferro).

Mi saluti il ragazzo (Funzionario con baffi non più neri).

Grazie.

L'agente osserva Mazzaferro mentre sul portone dell'edificio si sta congedando, un lampo attraversa i suoi occhi, vorrebbe ora, lì davanti domandare a Mazzaferro se il padre, il *ribelle*, gli avesse per caso lasciato in eredità una bomba a mano, ma scorge negli occhi di Mazzaferro l'intuito di Mazzaferro: Arrivederci a domani (dice invece, a sorpresa, Funzionario).

No... sì (risponde Mazzaferro) e si allontana lentamente, sudato e un po' confuso verso Unocchio.

In fondo è giusto che Unocchio sia andato via con Lissét, se la meritava, fin da bambino senza l'occhio né il braccio, almeno, ora, ha Lissét. Eppoi io sono Sangiorgio, vado a caccia di draghi e quando avrò *abbracciato* il drago dentro di me allora, anch'io, finalmente, potrò meritarmi la mia Lissét. Tutto cambia, tutto passa, *noi osserviamo*: si erano appartati, Sangiorgio e Lissét, erano belli da vedere, chiacchieravano.

Come dicevate a proposito del *benessere?*, (domanda Lissét); si erano messi a passeggiare, ogni tanto si fermavano, si mettevano a sedere. Perché viviamo?, (controdomanda Sangiorgio), Lissét sorride, ero io che vi stavo ascoltando (dice), L'uomo non ha fatto altro – nella sua evoluzione – che cercare di raggiungere una condizione di benessere (dice il cavaliere) perché? Lissét lo guarda, nota che ad ogni domanda Sangiorgio – se passeggia si ferma, se è seduto si alza, se è in piedi si siede – sorride. Stare bene stare bene stare bene, (ripete Sangiorgio), allungare la vita ad ogni costo, ma la vita finisce e a cosa è servita?, (domanda il cavaliere). Si è seduto, mi siedo (Lissét). Siete contro il benessere?, (Lissét). No, sono a favore, ma a condizione che una volta raggiuntolo ci si risolva ad approfondire la ricerca e ad aiutare gli altri.

– Siete un altruista Sangiorgio (dice Lissét) non ce ne sono tanti come voi, passeggiamo?

– Sì.

– Proseguite.

– Non vi annoio?, (si alza).

– Anzi... passeggiamo?, (si alza).

– Direi così, (fa, ispirato, Sangiorgio mentre riprende a camminare) raggiungere una condizione di benessere per condurre la nostra attenzione dentro di noi affinché si possa *migliorare,* progredire nella conoscenza del senso della vita attraverso la *meditazione* e poi...

– E poi?, (Lissét).

– Non si annoia?, (e si ferma).

– *Andate avanti*, mi interessa molto, mi piace come parlate.

– ...E poi aiutare gli altri – i poveri, quelli in difficoltà – a raggiungere una condizione di benessere affinché anche loro, da soli, possano migliorarsi e progredire e aiutare altri a loro volta...

Sono in piedi uno davanti all'altra, si guardano.

– ...E prepararsi al viaggio (conclude Sangiorgio).

– Al viaggio?, (chiede Lissét stupita, con una bella smorfia che le taglia il viso) a voi piace viaggiare, vero, Sangiorgio?, (chiede Lissét) ma non aspetta la risposta: voi viaggiate molto con quel cavallo?, su e giù, (domanda poi dice e continua) chissà quante donne avete *conosciuto*.

– Eravate sempre voi (Sangiorgio). Mi assomigliavano?, (tenera Lissét, pensa Mazzaferro). Avevano lo stesso vostro odore (la guarda negli occhi, Sangiorgio). Lissét resta in silenzio (si annusa), guarda gli occhi di Sangiorgio, è improvvisamente turbata, che belle parole (pensa) avrei voluto dirle io (s'indispettisce), soltanto ora mi accorgo di quest'uomo (pensa). Pensa e ripensa, il tempo passa, i due si guardano, è un bel momento, uno di quelli si vorrebbe non finissero mai. Ma tutto, tutto, tutto si alza e passa, si alza e passa e noi non ci dobbiamo in nessun modo attaccare.

– Dicevamo di un viaggio (si vede costretta a dire, Lissét, e non sa il perché e le dispiace ché avrebbe voluto soltanto baciarlo quel Sangiorgio lì, baciargli le parole sulla bocca, appena dette) ma Sangiorgio – che ha pur sentito la voce della donna – continua a

fissarla e sa che l'incantesimo è rotto e cerca di *osservare* senza bramosia e senza avversione. Mentre fissa Lissét se lo ripete: Respira (si dice), né bramosia né avversione (si dice), semplicemente tutto cambia, si alza e passa: Per *viaggio* intendevo dire *prepararsi* alla morte (dice tranquillamente, Sangiorgio, usando lo stesso tono di un *vi amo*). La morte (ripete Lissét, soprappensiero) che peccato, dopo tutta questa fatica che è il vivere, tutti gli sforzi... (dice Lissét dispiaciuta quasi avesse scoperto in quell'istante soltanto che si deve morire.) È Sangiorgio adesso, che vorrebbe abbracciarla, baciarla, proteggerla come a un uomo viene così bene, d'istinto; ma ora li chiamano come due bambini: Sangiorgio! Lissét! A tavola, è pronto! Io amavo Lissét, sin da bambino, fantasticavo sul terrazzo di casa mia seguendo tutti i suoi gesti dalla mia postazione, quasi ogni sera, fino a quando mia madre m'interrompeva e mi chiamava riportandomi alla realtà, *stac!,* mi strappava dal mio castello con fantastica precisione, sincronizzata con la madre di Lissét che non conoscevamo ma che diceva anche lei spaccando il minuto – come faceva la mia – È pronto, Lissét, a tavola.

Tutte le altre (cioè Lissét) mi avevano spinto nella Pagoda, Solidea mi ci aveva accompagnato. Mi aveva preso per mano molto dolcemente e mi aveva condotto nella Pagoda. Lissét (tutte le altre) con passione, Solidea con amore disinteressato. Nella prima parte della mia vita ho cercato *fuori di me,* dice Sangiorgio a Solidea, ora devo cercare *dentro* di me, dice (e in que-

sto non si discosta dalla tradizionale vocazione dei cavalieri che a un certo punto della loro burrascosa vita entrano nel monastero). I cimiteri sono gli unici veri monumenti, l'unica autentica testimonianza storica, (pensa Sangiorgio), fare il viaggio dentro me stesso e capire perché siamo qui (pensa Sangiorgio). Chi sono, io? E chi *ero*, io? (pensa e si domanda Sangiorgio). Calmatevi, disse il maestro vestito di bianco, seduto davanti a tutti noi, a fior di loto: trecentocinquantasei persone lo guardavano, vestite perlopiù di bianco anche loro, con lunghi camicioni di cotone leggero, bei camicioni, comodi. Stavano seduti quasi tutti a fiordiloto e guardavano nella direzione della voce che aveva appena detto *calmi, tranquilli*. Se non calmate la vostra mente, i vostri pensieri, non riuscirete a concentrarvi, disse il maestro scandendo piano. Era magro, aveva la barba scura, gli occhi neri. La mente è piena di pensieri che si impossessano di voi; ecco, adesso, mettetevi tranquilli, dovete solo respirare e stare calmi, nient'altro. Respirare (disse l'uomo magro, con la barba e gli occhi neri). Lissét, cioè tutte le altre, era solamente e sempre stata la passione. Solidea era l'amore *disinteressato*. Lissét – quindi tutte le altre – mi spingeva con forza nel monastero, ed ero pieno di sofferenza e di disperazione. Solidea mi accompagnava quasi invisibile, col suo sorriso luminoso, non senza sofferenza ma con dolcezza. Entro nel monastero, mi sono detto, poi nella pagoda, mi sono detto, non devo più reagire, mi sono detto, devo soltanto agire, mi sono detto ancora. Agire bene (mi

dicevo), sono o non sono un cavaliere?, sono o non sono un Sangiorgio?, No, sei il drago, diceva una voce dentro di me (Sangiorgio a se stesso). E tu chi sei?, chiedevo io, Sangiorgio, alla voce apparsa dentro di me. Non dovete aprire gli occhi, sentivo il maestro che parlava. Chi sei tu?, mi controchiese a sorpresa la voce dentro di me che probabilmente era quella del drago. Non dovete muovere le mani, diceva il maestro molto lentamente. Un senso di paura, o meglio di terrore, si sta aprendo adesso dentro Sangiorgio: perché mi viene tutto questo terrore?, domandai a Solidea. Non c'è nessuna Solidea, disse la voce che era in me e che con ogni probabilità si poteva supporre appartenere al drago: Solidea è morta, disse lentamente, e tu lo sai bene, disse quasi alzandosi quella voce e mi veniva sempre più paura, mi veniva da piangere. Respirate e state calmi, nient'altro, (la voce – come in lontananza – del maestro). Devo muovermi, dicevo io con la bocca del drago, mi succederà qualcosa, si romperà una vena delle gambe, starà morendo qualcuno della mia famiglia (il drago con la mia voce), e io sono qui a fare il cretino, a respirare, dicevo io, il drago, con la voce di Sangiorgio. Non muovete le gambe, (il maestro), un sussurro. La schiena e la testa bene erette, (un sussurro), il maestro. Non ce la farai, faceva ancora la voce dentro di me, non vali niente, per questo Lissét ti ha lasciato... Perché tutta questa paura?, mi chiedevo, respira, mi dicevo, concentrandomi nell'aria che usciva e che entrava sotto le narici, (le narici rumorose del drago), all'im-

provviso trovavo come un equilibrio: vedevo il baratro sotto di me e percepivo il dolore dappertutto, sentivo il suo calore e vedevo il drago. Nel respiro ero in equilibrio, tutt'intorno un dolore tremendo. Cedo, mi dicevo, non ce la faccio. No, resisti tesoro, mi dicevo. Mi dicevo *tesoro*. Ce la fai, mi dicevo. Il dolore alle gambe mi stava spezzando le giunture e allora venne Lissét e prese subito a denudarsi i seni: i suoi seni erano così belli, sodi e morbidi. Si mise a cavalcioni su di me e lasciò scivolare la testa all'indietro, si dava tutta a me, con la testa rovesciata, le vedevo il mento sotto il mento la gola. Le sue clavicole in evidenza forti come due rami le tenevano le spalle nude. Il suo ventre su di me, le costole sotto i suoi seni, il suo respiro. Mi cavalcava, com'era bella Lissét. Adesso il caldo era in mezzo alle mie gambe e respiravo forte, poi arrivarono tutte le altre e insieme a Lissét iniziarono a prendermi e quando all'improvviso se ne andarono il dolore si fece più acuto e qualcuno mi conficcava dei chiodi di ferro, enormi, nell'interno delle ginocchia. Cedo, dicevo, no, tesoro, sussurravo. Paura, passione, paura: Cedo, ripetevo, no, tesoro, respira. Finché osservi l'aria che entra e che esce dalle narici *sei salvo*, diceva Sangiorgio; vivere è mantenere un equilibrio, profetizzava Sangiorgio, un ritmo, Sangiorgio. Solidea era un equilibrio, Solidea era un ritmo, ritmava Sangiorgio. Soltanto il respiro (ripeteva lentamente la voce del maestro).

Tu qui sei in convalescenza, non puoi uscire *così*, lasciare il monastero, entrare *nel* mondo, si mette a

dire Richàrd, il francese, (l'espressione *nel mondo* gli usciva dalle labbra con una sorta di apprensione). Rimani ancora un po', diceva il francese, ti riposi, mediti, vai nella pagoda, e sorrideva a Sangiorgio con la sua faccia lunga, le orecchie lunghe e a sventola, alto, scarno, le mani sottili, le dita secche come bastoncini: *convalescence*, ripeteva e rideva da solo, salutava Sangiorgio con le mani giunte come se stesse pregando e faceva un lento inchino con il capo verso le punta delle dita secche e ci appoggiava il naso su quei bastoncini. Quando torno a casa, a Parigi, penso sempre all'India, diceva; guardava Sangiorgio, fissamente. Faceva le cose molto piano, con lentezza.

– Qui hai un amico, chiedi, se hai bisogno, si mette a dire Richàrd.

– *Merci*, risponde Sangiorgio e sorride. È distratto Sangiorgio, non riesce a seguire il suo respiro *che entra* e *che esce*, che entra e che esce.

– Io vi sarò sempre riconoscente, Lissét.

– E perché? (Chiede stupita e anche un po' lusingata da questo inatteso merito).

– Perché attraverso voi ho ritrovato la mia capacità d'amare che avevo temporaneamente perduta.

– Ma come, un tipo come voi che perde l'amore, no, non vi credo.

– Vedete Lissét, quando si passa la vita *fuori di noi*, a combattere draghi, a salvare donzelle, a innamorarsi di loro e a soffrire perché vi finisce l'amore dentro oppure finisce a loro – vedete Lissét – alla fine ci si stanca, ci si vorrebbe sdraiare e chiudere gli occhi.

Non si vorrebbe più amare, non si vorrebbe sentire più questo struggimento e ci si *chiude* e così, pensando di salvarsi, ci si uccide. (Sangiorgio si ferma).

– Andate avanti (dice Lissét con un filo di voce, emozionata) mi piace sentirvi parlare, lo sapete. Non indugiate.

– Io vi sono grato perché attraverso voi sono tornato ad amare e anche se voi non siete – per così dire – non siete *mia*, ma di Unocchio, ecco, vi voglio tanto bene.

– Ma io non *sono* di Unocchio, io *ero* di Unocchio.

– Eravate?, (domanda Sangiorgio incerto), la osserva: Ora che vi guardo meglio vi vedo strana, Lissét. Che avete?

È sera, Sangiorgio e Lissét sono in piedi davanti al mare, la luna è alla sua metà, in fondo, sul mare. Le stelle nel cielo, l'aria calda, piacevole. Ogni cosa al suo posto.

– È... che... Niente (risponde Lissét).

– Mi volete bene? (Sangiorgio).

– Dico solo che voi siete così buono, (*primo piano* di Lissét, occhi azzurri di Lissét, capelli lunghi e neri di Lissét. Mazzaferro non commenta, che lo abbiano arrestato?).

– Perché siete diventata triste?

– Dico solo che io ho *provato* ad amarvi ma non ci sono riuscita, voi non potete immaginare quanto vi ho desiderato (*primissimo piano* di Lissét, viso magro e pallido di Lissét).

– Se lo dite vi credo, Lissét.

– Cosa pensate, Sangiorgio, che non sarebbe stato bello anche per me impazzire d'amore per voi?, (occhi lontani di Lissét, un po' fissi), poter permettere alla mia bocca di pronunciare il vostro nome, di pronunciare *amore*?

– ... Sì... (esita Sangiorgio come colpito)... perché dite così, io non vi rimprovero nulla, ci avete provato...

– No, voi mi rimproverate, mi fate pesare il vostro amore e la mancanza del mio, (*dettaglio* degli occhi: piange; il suo viso è molto pallido).

– Lissét...

– Sono stata tanto male quando ve ne siete andato.

– Dovevo andare dai draghi.

– (Innervosita e tremendamente pallida) Non sono stata male perché siete partito, perché non c'eravate, soffrivo perché mi sentivo lacerare, voi mi facevate sentire in conflitto.

(È impossibile non farlo: Sangiorgio pensa alle suture di Naomi, suturare Lissét – pensa – ora, subito, un colpo di spada poi all'ospedale, cucirle ben bene il taglio, *tenerla insieme*, tenerla con me!), è sudato, qualche brivido come di febbre nel suo corpo lo fa quasi ondeggiare.

– Che avete?, (domanda Lissét spaventata).

– Niente, niente, continuate (risponde Sangiorgio ricomponendosi e cercando di osservare il respiro).

– E allora ho deciso che non potevo stare con voi: ho iniziato a prendere le pastiglie, e l'angoscia e il

conflitto si allontanavano. Vedevo con chiarezza che non vi amavo.

– Che pastiglie? Perché le pastiglie? (Si sente mancare, Sangiorgio. Non se l'aspettava questa storia delle pastiglie. Forse avevano ragione gli antichi greci – pensa – nel dire che il futuro ti arriva alle spalle quando meno te lo aspetti e non ti sta davanti, non ti sta di fronte).

– Fanno passare l'angoscia.

– Ma per quale motivo ricorrere alla chimica?, (dice come tra sé, sconsolato).

– Senza sto troppo male, il pensiero non mi lascia un momento, mi annienta, rischio d'impazzire (guarda Sangiorgio col suo viso a un tratto spettrale, la luna sul fondo, i suoi occhi azzurri, intensi, i capelli belli, lunghi e neri, scuri come la sera).

– Lissét...

– Sangiorgio...

– Posso abbracciarvi?, (chiede Sangiorgio sopraffatto dall'emozione, colmo di tenerezza).

– Un abbraccio... un abbraccio di *bene*?, (esita Lissét, preoccupata).

– *Di bene.* (L'abbraccia).

Stanno così: davanti il mare, in cielo la luna. Draghi non se ne vedono.

– Io non vado bene per voi (dice Lissét, mentre l'abbraccio si scioglie).

– Io sono *conforme*, sono una conformista. Voi siete così diverso.

– È vero, Lissét – dice Sangiorgio, ed è come se montasse sul cavallo, (bello, impettito, direbbe Mazzaferro) – fin da ragazzo non ho mai voluto diventare *una professione*, ho sempre cercato di essere utile agli altri, di darmi da fare, magari sbagliando, magari gli altri non volevano essere aiutati. Volevo confortare i più bisognosi, essere considerato perché cercavo di migliorare il mondo. Ho passato tanti guai, Lissét. Intendevo sentirmi utile e allo stesso tempo essere indipendente, libero. Questo, Lissét, l'ho sempre desiderato. Non mi è mai importato di possedere una casa (come a voi), una carrozza (come a voi), avere tanti oggetti inutili (come a voi). *Mettere a posto la mia situazione personale.* Mi è sempre importato soltanto di provare sentimenti, volere bene, amare. Essere amato. E avere l'essenziale per sopravvivere. Ho sempre pensato, fin da ragazzo (e ancora prima, quando vi osservavo dal terrazzo), che ci dovesse essere dell'altro nella vita; che la vita dovesse avere un senso diverso, che servisse a qualcosa di particolare. A qualcosa di più che mangiare, dormire, lavorare. Mi è sempre stato simpatico Gesù (ma *fuori* dalla Chiesa). *Questo*, Lissét, capite?

– Lo dite anche voi, Sangiorgio, vedete? Siamo così diversi.

– Ma lo stesso io vi sono riconoscente per quell'amore che mi avete fatto risvegliare.

– E a cosa è servito se ora voi soffrite e io non sono né felice né infelice?

– Sapete una cosa Lissét?, (chiede Sangiorgio e poi prosegue con una voce molto bassa), gli esseri umani si chiedono sempre a cosa sono serviti i loro sforzi. Se lo chiedono sempre. Anche Solidea, che era una creatura meravigliosa, mi disse proprio così: "A cosa sono serviti tutti i miei sforzi?", e io non seppi che rispondere, mi venne solo in mente *Che cos'è verità?*

– Di che parlate Sangiorgio?

Di che parlate Sangiorgio?, di che parlate Sangiorgio?, entra ed esce, inspiro ed espiro. Il maestro è da un po' che non dice più niente, resta soltanto seduto davanti a noi, ai trecentocinquantasei noi seduti davanti a lui e respira, immobile, con gli occhi chiusi. Tutto quello che ha chiesto è solamente di restare immobili, o almeno, non muovere le mani e i piedi e tenere gli occhi chiusi. Portare l'attenzione della mente su un punto preciso sotto le narici: *dei baffi*, ha detto. E rimanere con il pensiero lì. E invece no, i pensieri vanno da tutte le parti come una folla impazzita. L'immobilità dà dolore, paura. Pazientemente riporto il mio respiro sotto al naso, sui baffi che non ho e lo tengo lì, ma lui va da Vino, nelle strade puzzolenti di Bombay, un bambino vestito di stracci color kaki, sporco, sorridente che all'improvviso si mette a parlare in italiano, No, non voglio soldi, dice, Vorrei che tu comprassi il *latte in polvere* per mia sorella.

– Come hai imparato l'italiano?, (Sangiorgio a Vino).

– Nella strada, (Vino a Sangiorgio).

En la calle, (pensa Sangiorgio).

– La mente è pazza, (aveva detto poco prima il maestro), l'io non esiste, è solo un'idea, (aveva detto).

Guardo Vino, scuro, i suoi capelli appiccicati, il viso sorridente, la camicia color kaki nera come i suoi piedi, scalzi e tagliati. I pantaloni a brandelli, le mani luride. Ecco la mia bottiglia d'acqua minerale: *mineral water*, lui si sciacqua il viso con l'acqua minerale, lo osservo: Vino grande, Vino bambino. Il sorriso dei suoi denti ancora bianchi, identici a quelli del bimbetto accanto a lui con gli arti inferiori tranciati, il suo sorriso, i suoi capelli corti, mi ringrazia quando gli regalo la frutta. Mangia una banana e dice di essere già pieno. La sua sedia a rotelle sono due tavolette di legno inchiodate su due travetti con ai lati quattro rotelline piccolissime, di ferro. Lo vedo spostarsi, viaggiare rasoterra con i moncherini appoggiati sulla base di legno e le mani sporche che fanno da perno sulla strada: sembrano piccoli remi. Con quei *remi* ha sbucciato la banana.

– Respira – mi sussurrai – stai calmo.

– Si vive giornalmente – disse Mazzaferro, poi sentii come una voce, sembrava il maestro ma non era il maestro. Il maestro non parlava già da tempo, e poi il maestro aveva detto che non c'erano *maestri* in questa meditazione ma solo *qualcuno che vi accompagna* perché *i maestri siete voi*, i maestri di voi stessi. Ma io sentii come una voce che sembrava quella del maestro ma non era il maestro e la voce diceva: *compassione di questi esseri coscienti carichi di sofferenza* ed era simile a un suono, a una canzone e diceva: *vagano nel*

ciclo della vita. Ecco, sentivo questa voce e non era altro che il mio pensiero che mi rimandava *un brano* del Bardo Thodol.

– Il Bardo Thodol – iniziava a ripetermi il mio pensiero, era un suono che si prestava al ritmo. *Ottenere il corpo di verità,* dicevo dentro di me, mentre altre parole e frasi e scritte del libro ronzavano come zanzare intorno alla mia testa: *possano tutti loro ottenere il corpo di beatitudine!*

– Mi ero calmato?, (si chiese Sangiorgio). Non riusciva a concentrarsi. E ora mi sembrava di sentire la voce di Solidea. È la voce di Solidea o quella del Bardo Thodol? – mi chiesi, (si disse Sangiorgio).

– *Consapevolmente libera di determinare la mia nascita, per il bene degli altri...* – disse la voce.

– Respira – (mi sussurrai).

– La voce di Solidea, la voce del Bardo Todhol – (mi sussurrai).

– Om–mani padme hum! – (mi sussurrai).

– Bardo Thodol – (mi misi a ripetere tra me inspirando ed espirando).

In quel momento il maestro disse che avremmo potuto fare cinque minuti di pausa. *Five minutes.* Tutti e trecentocinquantasei ci alzammo. Chi senza problemi, chi con le gambe anchilosate o paralizzate, chi massaggiandosi i ginocchi. Non guardate gli altri, aveva detto il maestro, ognuno ha la sua storia personale, il suo karma. Ci incolonnammo con i nostri pigiami psichiatrici verso l'uscita del tempio accompagnati dall'unico rumore che le pale di enormi ven-

tilatori lanciava – come elicotteri – dal soffitto. All'ingresso, disposti agli angoli, in grossi bracieri invece dell'incenso bruciavano le spirali antizanzara. Si diffondeva dappertutto un'odore pungente che però non riusciva del tutto a mettere in fuga le numerose e aggressive zanzare. Il maestro aveva detto di non uccidere alcun essere vivente. Le zanzare succhiano il sangue perché è nella *loro natura.* Io pensavo a Vino e al *latte in polvere.* Quando l'ho rivisto era disteso su di un carretto, in pieno giorno e dormiva. Mi ero ripromesso di acquistare per lui dei vestiti, condurlo dal barbiere, alle docce pubbliche. Rimetterlo a nuovo, insomma. Aveva uno sguardo così profondo. Vino. Dopo questa mia tardiva risoluzione non l'ho più incontrato.

– Le cose bisogna farle subito, (si è detto Sangiorgio), mentre la processione in pigiama scivolava verso i bagni, quasi tutti avevano un ritaglio di asciugamano sulla spalla (in tutto uguale a quello imposto dalla fanghina a Mazzaferro). E con questo ritaglio asciugavano *ogni cosa.* Poi all'improvviso il serpente bianco girò su se stesso, sembrava un drago, quasi Sangiorgio mise mano alla spada, ma era nel monastero, non ce l'aveva la spada, era stata consegnata, avvolta in un panno bianco, messa via con cura, la naftalina, le profumazioni, le cordicelle intorno a decorarla: la spilla conficcata nella stoffa, che dondolava, mostrava a tratti il nome: *Sangiorgio, cavaliere.* Il serpente bianco si arrotolò attorno alla pagoda e attorno al monastero, attorno al tempio e al manico-

mio, all'ospedale psichiatrico e alla mecca, alla chiesa e al santuario, al luogo sacro e alle *black hills*. Attorno al luogo di riflessione e al *quartiere del pensare*. Tin! Tiiinn!, si sentì il suono del triangolo e i trecentocinquantasei pigiami interruppero il gioco del serpente, sfaldarono le spire e si allinearono di nuovo entrando nella sala di meditazione. Lasciarono settecentododici ciabatte all'ingresso: faceva impressione guardare tutte quelle calzature senza i piedi.

– Ricominciate molto lentamente – disse il maestro e di nuovo il respiro si mise a entrare e ad uscire, e di nuovo il pensiero impazziva come una pallina nel *flipper*.

– Segni... presagi... seguite – disse re Artù ai suoi uomini.

– Ma cosa dice? – chiese il cavaliere magro, secco, con le orecchie a sventola e la cadenza francese.

– Il re ha parlato – disse autorevole quello più nervoso, con una spaventosa ferita in un occhio, forse aveva voglia di uscire all'aria aperta, le stanze del castello erano chiuse, il re non stava bene, c'era un odore sgradevolissimo di sudore, di chiuso, di aria pesante: Andiamo a cercare il Graal, disse. Tutti i cavalieri erano fuori, respiravano a bocca aperta: nuguli di zanzare ronzavano minacciose intorno alle visiere degli elmi che si ostinavano a tenere sul viso come inutili zanzariere.

– Respira – (mi dico) e concentrati, non pensare, non ti distrarre. Ma ero o non ero anch'io un cavaliere?, (mi chiesi), ero o non ero Sangiorgio?, (mi chie-

si), ero o non ero un predestinato?, (mi chiesi), Sì, ma ora la tua attenzione è sotto le narici, (dissi a me stesso). Sembrava un dialogo tra pazzi. All'improvviso pensai che alle trecentocinquantacinque persone che erano lì insieme a me doveva succedere pressapoco l'identica cosa. Milioni di pensieri si alzavano da quelle teste, da quegli esseri seduti a fior di loto, immobili, e i pensieri si aggrovigliavano, si mescolavano e probabilmente venivano pensati contemporaneamente e in lingue diverse, intrecciati, derubati, scambiati, venduti, gettati, regalati. Daltronde il maestro aveva detto Se agite bene vi sintonizzate su tutte le azioni buone del mondo e ne beneficiate.

– Tutti questi meditatori seduti pensavano nella propria lingua, (pensavo), in lingue indo-europee, (pensavo), in lingue antiche, (pensavo), moderne, (pensavo).

– State divagando, Sangiorgio (intervenne Lissét), mi pare che vi manchi un po' di determinazione, o sbaglio? (Mi domandò a bruciapelo Lissét). Eppure in tutti i quadri io l'avevo salvata, non c'era un quadro in cui l'avessi lasciata al drago affamato, che fossi morto, scappato, che avessi accampato delle scuse per non battermi. No, di sicuro, ero sempre stato fedele al motto della cavalleria: aiutare i deboli con del cibo, dell'acqua oppure con del succo di mela se a loro piaceva il succo di mela, i vecchi ad attraversare la strada o a sbrigare le faccende, i disabili ad essere accettati come diversi ma uguali, a essere vissuti come persone, a difendere le donne maltrattate, violentate, sfrut-

tate. Essere gentile, insomma, il nostro motto: *Il cavaliere dimostra il suo coraggio con le sue gesta*, perché *la vera nobiltà dipende dalla purezza interiore, non dalla classe sociale*. E quindi, Lissét, non dite così (le dissi). Per favore, è ingeneroso da parte vostra (e mi veniva da piangere).

– Voi piangete, disse lei, piangete spesso?, (chiese, un po' sprezzante).

– Respira, mi sussurrai, (Sangiorgio a se stesso).

– Come dite?, chiese Lissét.

– Vuoi una fidanzata?, (a sorpresa la voce di Solidea), Che cosa te ne fai di una fidanzata?, disse di seguito dolcemente come parlava lei, Tu *non hai* bisogno di una fidanzata contrariamente a quanto dici, fece ancora Solidea. Io non potevo parlare dall'emozione.

– Tu se hai una fidanzata la distruggi. Hai bisogno di trovare tuttalpiù la *tua* pace. *Non come il mondo la dà. Ti do la mia pace, ti lascio pace.* (Disse lei, così bella, come se leggesse).

– Cosa dite Sangiorgio? Non capisco, con chi parlate?, fece Lissét, spazientita, preoccupata e forse anche un po' gelosa.

– Respira, dissi io a me stesso, piano piano, per non disturbare nessuno nella sala di meditazione.

– Andate, ora andate a riposare, *andate in pace*, fece il maestro, *take rest, veri shankara* disse e fuori era buio. Uscimmo tutti quanti dalla sala, stanchi e spossati e sudati. Erano le nove di sera, alle quattro del mattino seguente ci avrebbero dato la sveglia: ci

attendeva un altro lungo giorno di meditazione. Lasciai la sala sfinito ma contento, andai nella mia cella alzando la polvere con i miei sandali. Mi sedetti sul letto appoggiando la schiena contro il muro, sentivo qualcuno parlare nel corridoio, eppure conoscevo le regole del monastero, sapevo che non si poteva parlare, era necessario mantenere il *nobile silenzio* per non perdere la concentrazione *dentro di noi*. Ma lo stesso dal corridoio arrivavano delle voci: qualcuno parlava, qualcuno che non riuscivo a riconoscere ma che mi attendeva, forse una ragazza che mi aspettava (pensavo), eppure eravamo divisi: gli uomini in un settore, a sud, le donne in un altro, a nord. Era necessario non perdere la concentrazione, non avere rapporti, incontri, distrazioni. Andate a riposare, aveva detto il maestro molto dolcemente, mi ero quasi commosso per quel suo tono di voce, ma forse già lo ero da prima per Lissét, o dopo Lissét per la calma e la pace che trasmetteva Solidea. Mi ero soltanto seduto sul letto, sfinito, e sentivo *una* presenza femminile nel corridoio che mi aspettava: *quella* presenza (mi dicevo), *quale* presenza (mi dicevo), ma nel corridoio mi si aspettava, ne ero sicuro. Tutto a un tratto delle braccia fortissime di donna mi afferrano e mi stringono le gambe e contrariamente a quanto aveva chiesto il maestro a proposito del silenzio io ignominiosamente inizio a gridare anche se non mi riesce di aprire la bocca. Sudo e la paura, non so perché, mi paralizza. Sento distintamente il colpo di pistola (un *novelungo*, preciserebbe Mazzaferro). Muoio. Questa volta

ho gridato fortissimo, che qualcuno mi aiutasse, per favore, ma la ragazza che era dietro la porta della mia cella si era messa a discorrere tranquillamente con me: Allora sei pronto? Usciamo?, dice e non mi aiuta. Non vedi che sto morendo?, le domando senza potermi muovere dal letto perché due tenaglie di donna matura mi serrano le gambe. La ragazza restava dietro l'uscio della mia cella e mi aspettava, avevo visto la pistola, avevo sentito anche lo sparo, secco, nitido e avevo percepito il dolore a causa del proiettile che entrava dentro al mio corpo. Eppure ero vivo, sconvolto ma pur sempre vivo. Hai rivissuto una morte, ha detto d'un tratto la voce di Solidea. Veniva dal corridoio quella voce e mi sono alzato dal letto per ritrovarmi solo. Mi sentivo così stanco e così pieno di energia. Mi sentivo male, vuoto, sudato. Aspettavo da un momento all'altro l'arrivo del maestro, dei miei vicini di cella, degli assistenti. Ho tirato il chiavistello della porta, ho spalancato l'uscio, la luce della mia stanza era l'unica luce accesa, fuori era buio e non c'era nessuno. Mi sembrava inconcepibile, avevano appena tentato di ammazzarmi, mi avevano aggredito, bloccato le gambe e tirato un colpo di rivoltella e nessuno era intervenuto. La mia lampadina nella stanza era accesa, si sentiva il rumore del vento. Il mio sudore si raffreddava sulla pelle. Ripensavo alle parole di Solidea guardando il corridoio deserto. Hai rivissuto una morte (mi sono detto), ho chiuso l'uscio con il chiavistello, mi sono spogliato, ho esaminato il mio corpo, non avevo né proiettili né

segni sulle gambe. Mi sono infilato in quel giaciglio. La presenza famigliare nel corridoio era ancora forte, ho spento la luce e nel buio improvviso e profondo ho sentito la mia voce dire piano: Buonanotte Solidea. Ho ascoltato il vento. Ricominciate con molta calma, si è messa a dire lentamente la voce del maestro. Naomi, mia dolcezza (pensavo), lei mi chiamava *Pupillo*, io la chiamavo *Diletta*. Mi tornava in mente la galleria Naomi, mentre mi addormentavo. Ero davanti a tantissime riproduzioni di Sangiorgio e il drago, le guardavo e le osservavo con una certa attenzione ma ero stanco, spossato, avevo voglia di dormire, anche se la branda era dura e le zanzare facevano i loro rumori. Guardavo e riguardavo il Tintoretto, guardavo e riguardavo il Paolo Uccello, guardavo il Pollaiolo e poi il Carpaccio, di nuovo Paolo Uccello e poi il Mantegna. Vitale da Bologna, di nuovo il Tintoretto. Ricominciavo, poi mi spostavo, il sonno se ne stava andando, fissavo ora i cosiddetti *autori minori* nella galleria Naomi, in camera di Naomi mia Diletta. Quindi tornavo dal Mantegna: Fai tre passi indietro (pensavo) e abbracciavo un mucchio di tele. Fanne ancora tre (pensavo) e mentre vedevo sempre più quadri mi tornava in mente la filastrocca di un gioco da bambini, *fanne un altro, fai la giravolta*, mi muovevo nella galleria Naomi al ritmo del gioco. Vedevo lance draghi sangiorgi cavalli spade urla strepiti applausi sorrisi e ogni cosa si confondeva, si mescolava con i colori e vedevo ora *un'unica grande immensa tela* in cui decine e decine di cavalieri ucci-

devano altrettanti draghi mentre incalcolabili lissét si davano alla fuga, oppure applaudivano o guardavano allibite. Fanciulle presero a rincorrersi tra loro, i draghi battevano le mani, sangiorgi scappavano, lance si spezzavano nelle bocche di mostri orrendi con seni bellissimi pieni di sangue.

– Basta Sangiorgio, siediti (mi dissi).

– Pupillo, disse Naomi, allarmata.

– Diletta, dissi io.

– Cosa c'è?, (Naomi).

– Mi sento poco bene, (Pupillo).

– Passi troppe ore a fissare quei quadri, (Naomi amorevole).

– Sì, (Pupillo stanco).

– Vieni di qua. Spegni la luce e sdraiati sul divano, (Naomi autorevole ma dolce).

– Devo finire... (Pupillo esitante).

– Finire cosa?, (Naomi sorridente).

– Finire di guardare, (Pupillo cocciuto).

– Ormai li conosci a memoria, si mise a dire Naomi nella galleria Naomi a casa sua.

– Tutto dipende da *come* si osservano, (disse Pupillo) continuando a esaminare.

A volte di una persona tendiamo a ricordare solo una particolarità, un aspetto esteriore che prende prepotentemente il sopravvento su tutto il resto dell'immagine, come ad esempio il naso, oppure la forma degli occhi, il taglio della bocca, la conformazione della testa, il modo di toccarsi i capelli: qualcosa che colpisce la nostra attenzione. E quando capita di pen-

sare a *quella* persona viene subito in mente quel particolare come se gli esseri umani fossero *tratti*, *gesti*, fossero pennellate di un quadro.

– Gli angeli esistono? – mi chiese Lissét.

– Sì, esistono. Solidea lo era. – rispose Sangiorgio mentre dormiva nella sua cella.

– Io sono *nel* mondo ma non sono *del* mondo – disse una voce che sembrava quella di Solidea.

– Perché è morta Solidea? – chiese a voce bassa a Sangiorgio, nel suo sonno, una Lissét più dolce.

– Sono cose della vita, che ci sorprendono – sembrava la voce di Solidea.

– Come ti chiami? – domanda Lissét a Solidea ma Solidea non risponde.

– Come ti chiami? – domanda Sangiorgio al bambino che non ha più le gambe, vede Vino, sporco, accanto a lui. Il bambino sorride, seduto sulla sua specie di sedia a rotelle, le mani nere, guarda Sangiorgio e sorride.

– What's your name? – ripete Sangiorgio mentre si avvicina Richàrd, le orecchie di Richàrd, le mani giunte di Richàrd, il suo *convalescence*.

– Comment tu t'appel, mon petit amì? – chiede ancora Sangiorgio, ma il ragazzino non risponde e con le mani lorde prende a sbucciare la banana che gli avevo appena regalato, Hai le mani sporche, non vedi?, pensa Sangiorgio nella sua cella invasa dalle zanzare che succhiano e succhiano.

–¿Como te llamas, chico? – supplica adesso Sangiorgio, avvolto nel sudore.

– Solidea è una principessa – dice Unocchio all'improvviso – Una luce infinita – fa, e la vede, col suo unico intenso incredibile occhio d'artista, vorrebbe dipingerla ora ma Mazzaferro non avrà la tela giusta, pensa Unocchio, non avrà gli strumenti necessari, le cose adatte, pensa, e rimane in piedi a fissare la luce, quasi cieco: Figlia di re, dice, è pallido (un pallore simile a quello di Lissét). Lissét, pensa Sangiorgio, allora Lissét è la figlia del re, pensa Sangiorgio mentre dorme e suda, Lissét è Silena, la città libica di Silena, dice e pensa Sangiorgio mentre suda e dorme. Unocchio *si confonde*, dice ancora Sangiorgio a se stesso, quindi al suo sogno, quindi a Unocchio sognato da lui medesimo: Silena *non è* Solidea, pensa, Solidea è una luce infinita. È sempre stata una luce. La luce è accesa, nella cella, illumina il ragazzino fermo e sorridente sulla sua specie di sedia a rotelle, quasi una *tavola* a rotelle, un *serf* da strada: Perché non vuoi dirmi come ti chiami?, chiede Sangiorgio e il bambino lo guarda, ha sempre il suo sorriso, bello, luminoso, il viso di carnagione scura, di una pelle da uomo bianco abbronzato, i capelli neri, la zazzera: dal colletto aperto della camicia si vede una collanina nera con un ciondolo colorato, i pantaloni celesti, con gli elastici, dalla gamba destra spunta il moncherino senza il piede, la sinistra finisce prima del ginocchio e pare incunearsi direttamente nelle tavole da *serf*. Sorride e mi dice, dice a Sangiorgio, a me, mentre dormo nel mio sudore, tra le zanzare, mentre alzo la visiera e scendo da cavallo e mi dirigo verso di lui e gli appoggio la

mano sinistra sulla spalla color kaki: Ragazzo coraggioso, pensa Sangiorgio, Quanta gente che si *muore addosso* (e pare un termine di Mazzaferro), pensa Sangiorgio, Quanti ne ho conosciuti, pensa, *culi nel burro*, (Mazzaferro), pensa Sangiorgio, Bravo ragazzo, dice mentre quasi si mette in posa accanto a lui, si abbassa, si inginocchia, si fa stretto sul fianco del bambino sorridente: sembrano in scena, ora qualcuno apre il sipario, dipinge il quadro, ecco, già fatto, *Sangiorgio e il ragazzo*, la strada, il pezzo di legno a rotelle. Sangiorgio alza lo schizzo, se lo porta vicino agli occhi e dal sorriso bianco esce la voce: Se ti dico il mio nome è come se te lo dessi – fa. (Sangiorgio è attento, fissa ben bene l'immagine). E se te lo do io non ho più il mio nome – dice il ragazzo. – Per questo non ti dirò come mi chiamo: per tenermi il mio nome, e basta. – Sorride il ragazzo, continua a sorridere.

– *Non guardate con la vostra mente ma con gli occhi*, parlò Solidea, lo disse piano come parlava lei, alla sua maniera, silenziosa ed efficace, dolce. Lo sussurrò, parole di fiato, una carezza, l'alito buono. Era bella: si doveva vedere, si doveva guardare. Ma cos'è 'bella'?, si domandò nella mente Sangiorgio. Niente è bello, si rispose, tutto è illusione, vacuità. Tutto. Ecco, si disse, tutto. Rifletti sul tuo corpo, feci tra me (Sangiorgio, il cavaliere), considera ad uno ad uno gli organi e le sostanze di cui è fatto, si disse, ripeté, lo sussurrò ma era chiaro che la voce non era la sua. Dalla testa ai piedi, disse. Osserva il tuo corpo, avanti!, in superficie e contemporaneamente, sia all'inter-

no che in superficie. Guarda le sensazioni nel corpo (Sangiorgio si guarda l'armatura): il loro sorgere e il loro svanire.

– Non guardare con la mente, si mise a dire la voce di prima.

– Ecco il corpo, disse Sangiorgio e poi ancora: Non pensate, solo osservate, si disse. Si era quasi concentrato, sentiva i pizzicorii sotto il naso, e poi dappertutto sul viso, sensazioni calde e fredde, pruriti, fastidi ma a un certo punto lo chiamarono, Sangiorgio, Adesso basta, muoviti, pensi troppo e invece devi darti da fare: devi andare a cercare *il quadro*. Lo chiamarono i suoi superiori e lui partì senza domandare niente. (Solo per un momento esitò, gli venne in mente il motto cavalleresco: "Il cavaliere rende conto soltanto alla sua dama e alla sua spada") e non a questi cosiddetti superiori ma poi ebbe un dubbio, *sentiva* che si doveva partire per la *gioia degli altri*.

Prese a cercare musei, a perlustrare canali, a sorvegliare pontilevatoi, castelli, a entrare nelle piccole chiese consacrate e anche in quelle sconsacrate. Interpellava viandanti, vagabondi e vagamondi di ogni tipo. Hai visto *il quadro*?, chiedeva, così, di scatto, all'improvviso, lasciando interdetto, lì per lì anche il più scaltro, il più scafato che rispondeva: "Che quadro?", e subito dopo: "Io no, signore, io non ho toccato niente. Non so niente del quadro... l'avrà preso un altro, il suo quadro, io sono uno che si fa gli affari propri, caro il mio cavaliere" e soffiava col naso, come nel fazzoletto.

– *Il quadro!*, che quadro?, si alterava Sangiorgio (era pur sempre un uomo, andava compatito).

– Che quadro!?, ripeteva e domandava il passante.

– Il mio quadro, *Sangiorgio e il drago*, mi mettevo a dire. Oppure se volete, per capir meglio, dicevo, *Leggenda di Sangiorgio, Sangiorgio che combatte il drago*, o se volete, dicevo ancora, *Sangiorgio che uccide il drago, Sangiorgio e la principessa, Sangiorgio*, insomma.

– Non so niente di quadri, signor Giorgio, io mi faccio gli affari miei, come le ho detto, e basta (e soffiava col naso). Altro che quadri. Poi *squadrava* Sangiorgio, osservava la spada, soppesava il cavallo, faceva due conti, si guardava intorno, cincischiava: "Vendo la spada, tengo il cavallo", pensava. "Vendo il cavallo, tengo la spada", ripensava. Ma io me n'ero accorto che era un poco di buono, accennavo già un grazie, facevo l'inchino (un cavaliere, si sa, è sempre gentile), cambiavo aria, mi toglievo di lì. Quello ancora contava, non si decideva a vendere il cavallo, a tenere la spada. Mi levai da quel punto e iniziai una conversazione con un uomo che portava a tracolla un fucile. Mi colpì l'espressione del suo viso: pareva un uccello rapace. Il naso un becco, gli occhi piccoli, neri, incavati. Il viso abbronzato, la bocca stretta, i capelli folti e brizzolati, attaccati ben bene alla testa come una pelliccia di pelo. Mi scrutava, iniziò col parlar male di quell'uomo, quello che soffiava col naso. Aveva sentito che cercavo un quadro, disse e continuava a fissarmi con un sorrisino che gli spuntava dalle labbra sottili. Parlava a tratti, a colpetti, con

la voce che si alzava e si abbassava improvvisa e, nell'alzarsi, diveniva acuta e stonava come una canzone cantata male o uno strumento scordato. Pareva uno stridere forte, animalesco, da uccello. Mi guardava con il suo sorrisino: "I cavalieri non dovrebbero cercare il Santo Gral?", mi chiese, secco.

Sangiorgio, che fino a quel momento era rimasto sul cavallo, chissà per quale ragione decise di scendere e, agilmente, discese e si trovò di fronte e molto vicino allo strano uomo: "Siete un cacciatore?", domandò.

L'uomo, muovendo la testa, fece un cenno affermativo. Senza smettere il sorrisino.

– E che cosa cacciate?

(Sorride) In particolare le beccacce.

(Dispiaciuto) Povere bestie. Disse Sangiorgio sinceramente rattristato. Si riprese: "Volevate sapere del Graal...", disse, "...il quadro che sto cercando è per me il Sacro Graal", e ripensò alle beccacce: "Poveri uccelli migratori", disse sconsolato, "che fastidio vi danno?".

L'uomo lo fissava sorridendo.

– Di quanti argomenti parlate? – chiese, divertito. Poi, senza aspettare risposta, si mise a illustrare a Sangiorgio il senso della caccia, cosa significavano per lui le beccacce, le descrisse con un misto di trepidazione, tenerezza, esaltazione e passione. E mentre ragionava a tratti erano in Russia, a tratti in Albania, quindi in Romania, nei boschi, nelle selve, in Ungheria: se ne andavano a spasso sulla carta geografica, montavano tende, costruivano rifugi, Sangiorgio lo pregava di

non sparare, povere bestie non vede quanto sono piccole?, lui sorrideva con il suo quasi sogghigno da buono, si riposavano, si alzavano, camminavano, attendevano, si appostavano, e per quanto dicesse e facesse Sangiorgio per persuaderlo a non farlo l'uomo sparava: "Ecco, adesso posso anche morire", fece all'improvviso il cacciatore "io ero seduto per terra, tra i cespugli, stanco ma felice, la mia *cana* era vicino a me con la beccaccia tra i denti, la giovane guida russa sorrideva e ammiccava contenta, il cielo, la natura, tutto era bello!", disse con la voce acuta e un brillìo negli occhi il cacciatore a Sangiorgio che era stato quasi del tutto in silenzio, in piedi, tenendo il cavallo per le briglia, immaginando e vivendo le scene raccontate con passione da quell'uomo, che disse: "Ma che razza di cavaliere siete? Se non amate la caccia!".

Che razza di cavaliere siete?, ripeté Lissét, "Non riuscite a combinare niente, lo vedete?".

Fu allora che presi tutti i quadri e li mostrai a Lissét un po' indispettito: Non vi ho forse salvata, qui?, le chiesi. Prendevo i quadri e le mostravo il dipinto. Ecco, dicevo, guardate! In Vittore Carpaccio conficco la lancia nelle fauci del drago al volo e poi in sequenza, scendo da cavallo, prendo al laccio un drago mezzo cane con un frammento di lancia spezzato nella bocca e gli do un colpo di spada. Voi siete lì, guardate! Tranquilla. E poi, con Paolo Uccello, avete le mani giunte, come in preghiera, siete serena, bella, il drago-cavallo vi dà le spalle e io foro la sua bocca con la lancia (sempre con la lancia). E anche qui *vi ho salvata.*

Quello vi avrebbe fatta a polpette, vi mangiava già con gli occhi, e in Vitale da Bologna si vede di voi solo la testa, graziosa, mentre fa capolino da dietro un paravento: vi eravate nascosta, si sa, la paura, si capisce. Ne ho così tanta anch'io, tutti i giorni. Ma sono pur sempre un guerriero, *un guerriero dello spirito*. Dicevo, avevate molta paura, me lo ricordo. Quel drago-coccodrillo era tremendo, mi aiutò anche il cavallo, la mia cavalla, la mia Kia, assestò una bella zoccolata a quell'incrocio di bestia. Che lotta, Lissét, ricordate? A momenti cadevo da cavallo, ma a un tratto mi parve di vedere, di lato, quasi di sfuggita, un vostro sorriso, Lissét, e ce la feci. Mi dette coraggio, i vostri occhi, il vostro sguardo, un premio, averlo visto, chi c'era? Chi guardava? Io lo vedevo il sorriso. E vi salvai. E poi, vedete, vado avanti a raccontare, pazientate, siate cortese, Paolo Veneziano illustra la mia lancia, sottilissima, che trafigge le fauci di un drago-biscia e voi sicuramente eravate nascosta, oppure, Paolo aveva terminato i colori, o anche, il suo assistente non si era portato dietro la scorta dimenticando sul più bello il materiale per disegnare voi. E sia, pure qui, comunque, siete stata salvata. E che dire del secondo Maestro di S. Zeno, Lissét? Un altro dragobiscione, io lo infilzo e ammiro voi, estasiato e fermo. E voi, Lissét, preoccupata, forse guardate il cavallo, chissà, soprappensiero, oppure fissate la coda del drago, arrotolata su una delle zampe posteriori del destriero, che importa, con quella cuffiettina da principessa eravate così bella. Il Tintoretto, addirittura, vi

consente quasi di *abbandonare* il quadro. Mi lasciate lì con quel tremendo drago che finirà in mare sollevando alte onde che si vedranno per anni. Aveva già accoppato e denudato un difensore vostro (a cui però, a ben vedere, lasciate che lo dica, non si scorge neppure una ferita, sarà morto di paura). E vi ho salvata! Sempre, vi ho salvata. E in centinaia di altri quadri... Come dite? Sì, è vero, con l'*altro* Paolo Uccello è sembrato un gioco, voi tenevate il drago al guinzaglio e con la mano libera – bella, affusolata e bianca – cercavate di rassicurarlo: "Su, non è niente", dicevate (ricordo ancora le vostre parole perché vi voglio tanto bene), dicevate al drago: "Facciamo presto". Ma ero pur sempre io che *facevo*. Che trapassavo l'orbita a quella povera bestia (anche se, diciamolo, non era proprio una beccaccia, un beccaccino). Sì, sì, pareva un agnello, è vero, l'altro occhio era supplichevole. Però, lasciatemelo dire, è stata l'unica volta ch'eravate tranquilla e poi... sì, insomma, per così dire, non siete stata *ripresa* un granché bene. Anzi... ad esser proprio sincero (e un cavaliere non può esimersi dall'esserlo) eravate, diciamo, piuttosto brutta... Ma Lissét... non fate così... non intendevo offendervi... ma cosa dite? Non è onesto da parte vostra e, se volete, vado avanti, proseguo, prendo gli altri quadri, ecco, ci sono tante opere belle, magnifiche, dei cosidetti *minori* in cui voi siete raffigurata bene, in cui voi siete bella. Ecco, vi siete calmata. Sappiate, Lissét, in tutte queste opere, *maggiori* e *minori* che siano, io vi ho sempre salvata, (non me la sono mai data a gambe, neppure una

volta), e voi di questo non ne tenete conto. Perché? Perché *fate* così? Perché *siete* così?

Sangiorgio galoppa, la voce di Lissét non si sente, si è lasciato alle spalle il cacciatore e il vagabondo, cerca il quadro, il suo quadro. Sangiorgio galoppa, mentre galoppa, pensa: Codice di condotta, codice di moralità, codice di disciplina (e galoppa), codice di vita, codice cavalleresco (pensa), codice della strada, codice di comportamento (pensa e galoppa), codice fiscale, codice di avviamento postale (galoppa e pensa), codice dell'umanità (questo termine lo riempie di gioia, diminuisce un po' l'andatura di Kia per non perdere il controllo della sua bella cavalla nervina – come la chiama lui – va al trotto), codice civile (pensa e va al trotto), codice penale (va al passo), tutta la vita è un codice, dice tra sé, ormai quasi fermo, e sembra stia pregando, invece pensa:

Siamo delle ombre che appaiono per un momento disegnando realtà sempre diverse e sempre uguali su superfici occasionali, modificate dalla luce che tramonta o che sorge.

È esausto: a forza di galoppare, di scendere da cavallo, di montare in sella e su e giù e avanti e indietro, guarda di qua, guarda di là. A forza di chiedere del quadro, del *Gral*, del *drago*, domandare, interpellare, alla fine Sangiorgio arriva a un padiglione. Siamo d'estate, è un giardino. Fiori viola sono dappertutto, cataste di legno ai piedi di alberi d'alto fusto e poi fiori colorati, d'ogni specie. È fermo e resta sul cavallo, sudato, stanco. Ha sete. Una voce roca che

sembra umana segnala la presenza di un pennuto bianco con una cresta gialla che sventola in capo come una mezza ruota: un pappagallo con gli occhi piccoli e neri e profondi lo osserva roteando il collo e gracchiando parole: "È che non vedo, è che non vedo..." dice. Sangiorgio scende da cavallo e si avvicina, il pappagallo grida, starnazza, si apre una porta e appare una donna anziana minuta, piccola ma eretta, guarda Sangiorgio e per nulla sorpresa: "Venite, accomodatevi, bevete qualcosa?", dice quasi ordinando. "È che non vedo" aggiunge subito seguita dalla voce roca del pappagallo. "Lei chi è?, un amico?", parla in modo rapido, mezzo spagnolo, in modo accogliente e simpatico, un po' a scatti. Sangiorgio si avvicina, sente la voce dell'uccello ripetere è-che-non-vedo e di nuovo emettere un grido acuto. La signora stringe la mano al cavaliere: "Mucho gusto" dice "Libertad".

– Encantado, Sangiorgio.

– Il problema è che non vedo.

– (non–vedo) ripete il pennuto.

– Sedetevi, puedo offrirvi qualcosa? Qualche liquore?

– No grazie... non bevo.

– Non bevete? Ma escuse, voi chi siete?

– Sangiorgio, un cavaliere.

– Ah! Sangiorgio? Muy bien... (Come se parlasse a lato: Ha buone maniere ma non beve, es un poco patetico).

– Chiere acqua?

– Ecco, grazie, se non è un disturbo.

– Non es un disturbo, nessun disturbo. Sedetevi. (Grida: Evangelin? Si sente una voce dal fondo "Sì signora?" Un poco de acqua, por favor).

– Dicevate? Ah! Un caballero. E che cercate? Cavalli?

– No, un quadro...

– Un quadro? (Appare Evangelin, una signora dai tratti orientali, scura, capelli lunghi e corvini, occhi neri e piccoli, anziana anche lei, con un bel sorriso dice: Ecco l'acqua signora, sorride a Sangiorgio che è già in piedi a stringerle la mano).

– Piacere, Sangiorgio.

– Piacere, Evangelin.

Sangiorgio prende il bicchiere e beve l'acqua con devozione, ringrazia.

– Avete una galleria d'arte? Dipingete? Chiede la signora Libertad a Sangiorgio.

– Non propriamente.

– Come dite?, si avvicina con l'orecchio verso Sangiorgio.

– Sto cercando il *mio* quadro.

Libertad: (rivolgendosi a Evangelin) Che ha detto?

Evangelin: Cerca il suo quadro.

– Siete un pintor?

– No, è il quadro di Sangiorgio e il drago.

– Ah! Sangiorgio, voi siete Sangiorgio? Bueno. Evangelin?

– Sì signora.

– Portate qualcosa da mangiare a questo Sangiorgio, che avrà hambre.

– Sì signora (Evangelin fa per uscire dalla stanza non dopo aver guardato con i suoi occhi orientali il bel viso del cavaliere).

– Ma no, non si disturbi.

Libertad: (a Evangelin) Che ha detto?

– Non vuole che ci disturbiamo.

– Volete mirar la mia galleria privada?

Sangiorgio: (sorpreso) Avete una galleria privata?

– Certo, verdad Evangelin?

Evangelin: (guardando Sangiorgio con un sorriso educato e come se stesse ripetendo una lezione) Sì signora.

– Sarebbe per me meraviglioso, dice un Sangiorgio pieno di entusiasmo.

– Però, ditemi, porché cercate questo quadro?

– Perché cerco *il* quadro?

Libertad: (a Evangelin, un po' spazientita) Che ha detto?

Evangelin: (a Libertad, come recitando) Perché cerco *il* quadro?

Libertad: (a Evangelin, sorpresa) Ah! Non lo sa?

Sangiorgio: (enfatico) Perché cerco la *verità*.

– La verità? Voi cercate nel quadro la verdad? – (A parte: es un bell'uomo ma es un poco patetico) – voi sapete porché jo ho una galleria personale? Porché jo ho tante obras originali di autori conosciuti e desconosciuti?

Sangiorgio è emozionato... esita... poi chiede: Opere di Sangiorgio e il drago?

– Evangelin?

– Sì signora?

– Quantas obras tenemos di Sangiorgio?

– Numerose signora.

– Voi sapete porché jo ho una galleria personale con numerose obras? Porché ho tantissimo denaro. Questa es la verdad. Denaro lasciato a me – per dare non per tenere! Porché io doi! Jo doi! – lasciato a me dal mio pobre marito che è muerto da... Da quanto es muerto, Evangelin?

– Da sei mesi.

Libertad: Pobre Alonso.

Evangelin: Povero signor Alonso.

In coro: Pobre, pobre.

Libertad: (a Sangiorgio) che dicevo? Ah, la verità, sono i soldi la verdad! I soldi per dare, non per tenere ma para dar. Perché io doi! Vero Evangelin?

Evangelin: Vero signora.

Sangiorgio: E ditemi, esattamente, che opere avete di Sangiorgio?

A un gesto della signora Libertad, Evangelin condusse Sangiorgio davanti a due porte scorrevoli di vetro. Disse che poteva entrare e restare tutto il tempo che avrebbe desiderato così come voleva la signora, per poter bene ammirare la galleria. Sangiorgio ringrazia, apre le porte scorrevoli con tutte e due le mani. Fece fatica perché erano pesanti. Entrò e richiuse. Lo accolse un profondo silenzio e una quiete, non si sentiva più la voce roca e fastidiosa del pappagallo né in lontananza le voci della signora e di Evangelin. È felice, Sangiorgio, di quella pace. Si

mise a camminare nella grande e lunga stanza, guardò i tendaggi rosa, notò che via via che si spostava in avanti il rosa delle tende diventava più intenso e non era un effetto della luce. Guardò il pavimento di legno, lucido. Le pareti colme di quadri, di tele e di dipinti appesi con delle catenelle. Mai era stato davanti a così tante opere di Sangiorgio e il drago, neppure nella galleria Naomi. Sudava. Percepiva sensazioni di calore in tutto il corpo, per la schiena, nella nuca, fra le dita delle mani. Aveva quasi paura di scoprire il *suo* quadro, di avvicinarsi alle immagini, esitava, andava avanti e indietro nella stanza a passo lento e respirava. Il pavimento scricchiolava sotto i calzari del cavaliere, l'aria era tiepida e piacevole. Si fermò, cercava di concentrarsi sul proprio respiro, di calmarsi, di sentire solo il respiro che entrava ed usciva dalle narici nel modo in cui aveva imparato a fare al monastero. Finalmente guardò una tela: *Il tramonto* di Giorgione, una grande tela: Sangiorgio in un angolo uccide il drago. Lissét non c'è. (Voi, Lissét, al *Tramonto* non siete venuta, non c'eravate) dice a se stesso Sangiorgio.

Percepisce un po' di delusione. Sia per la mancanza di Lissét sia per la solita uccisione del drago: Non sono un assassino, pensa. Si sposta e guarda il Sangiorgio di Andrea Mantegna, il cadavere del drago ai suoi piedi, la lancia spezzata stretta nella sua mano di cavaliere, è un po' triste Sangiorgio, forse perché Lissét – anche questa volta – non si vede. Anche qui voi non c'eravate – a Lissét. Dietro il cavaliere, sul fondo della

tela, tutta la città alle sue spalle. Si sposta ancora più deluso verso Sangiorgio e il drago di Agostino Ugolini che anche questa volta non risparmia il drago e vede sullo sfondo una Lissét che fugge disperata verso un albero ad alto fusto. Il sudore come perle sulla fronte, si siede al centro della galleria privata della signora Libertad. Nota soltanto adesso numerose e belle poltroncine in corrispondenza dei quadri. Si alza, si risiede, palpeggia il cuscino con soddisfazione, uno sguardo alle immagini, si rattrista. Aveva creduto di trovare il suo quadro (il suo *Gral* personale), sente invece la delusione insinuarsi dentro, rodere. Riempire di stanchezza. Continuiamo – a se stesso. Si incoraggia: Accetta le cose così come sono e non come vorresti che fossero, dice, nel silenzio della galleria Libertad. Ora non legge più neanche i nomi dei pittori né i titoli delle opere, vede soltanto mani giunte di Lissét, draghi in agonia, cavalieri giovincelli con spade sguainate e facce da angeli, lance spezzate in bestie orrende e contorte, fauci aperte e ali secche e nere e ancora una piccola Lissét che prega come una statua, un cavallo bianco che salta sul drago. E di nuovo un Sangiorgio qualunque che cerca di conficcare la lancia nel corpo dell'animale mentre il drago tenta di fermarla con gli artigli così come cerca con la coda di avvolgere una delle zampe posteriori dell'equino: una Lissét guarda e forse anche in questo caso prega. Sangiorgio – quello vero che è qui con noi nella galleria Libertad – si siede poi subitamente si rimette in piedi, cammina avanti e indietro nella stanza lunga e larga.

Un'anima in pena. Si ferma di scatto e guarda a bruciapelo Paris Bordon, *Sangiorgio e il drago*. Vede un uomo nudo, decapitato, con la testa staccata accanto al suo braccio, al suolo vicino al drago. Il drago che non sta meglio: un pezzo di lancia è conficcata nella sua gola scagliosa e il cavaliere sta per finirlo con la spada. Il cavallo guarda il drago, forse è un po' dispiaciuto, tra animali, chissà. Il santo è molto serio, veste l'armatura di metallo e ha la barba. Lissét osserva la scena accanto a un albero e, bisogna ammettere, è molto vicina al campo di battaglia. Sul fondo della tela un movimento di persone. Sospira Sangiorgio, sposta lo sguardo e incrocia Dosso Dossi, *San Giorgio*. Anche lui naturalmente ha accoppato il drago, forse però, a ben guardare sembra un poco amareggiato. Il nostro Sangiorgio sposta lo sguardo e scopre Raffaello: prima una tela, poi l'altra. Prima *Sangiorgio* poi *Sangiorgio e il drago*: Lissét una volta fugge, l'altra volta prega. Ecco il Carpaccio: osserviamo un campo di battaglia pieno di teschi di animali e di esseri umani e cadaveri a pezzi mezzo divorati, lucertole e serpenti. Il biondo Sangiorgio sul suo bel cavallo morello spezza la solita lancia nelle fauci del dragone. Anche in questo caso il santo veste l'armatura, Lissét alle spalle del cavaliere osserva la scena a mani giunte, è vestita bene, piuttosto elegante. Nella scena che segue vediamo il drago trascinato e umiliato nella tela denominata "San Giorgio uccide il drago": l'animale è tenuto al guinzaglio da un Sangiorgio a piedi mentre sta per infliggere un colpo di brando al drago con ancora nella bocca la

punta della lancia spezzata che è fuoriuscita dalla testa ruvida. La strada è occupata da gente nobile e ben vestita e tutti osservano la scena. Il cavaliere mentre uccide la bestia pare un po' dispiaciuto. E poi ancora: *Il San Giorgio* di Vasilij Kandinskij... il *San Giorgio nella foresta* di Albrecht Altdorf... il San Giorgio...

Si è seduto Sangiorgio. Che noia. È stanco. Ha guardato e *studiato* moltissime tele. Io sono un guerriero dello spirito, dice, Non il *santopatrono delle armi.* Allunga le gambe e lascia andare le braccia. Chiude gli occhi.

– Voi Lissét, al *Tramonto*, non siete venuta, io vi aspettavo, non c'eravate. Perché?

Lissét non risponde, poi dice: Chiedetelo a Sabra.

– Sabra?, domanda Sangiorgio perplesso.

– Cosa ci facevate voi con la principessa Sabra?

– Ah!, ecco. Ora ricordo, sapete. Tutti quei quadri. È stata un'idea di Dante Gabriele Rossetti (se non vado errato, dice sottovoce): "Sangiorgio e la principessa Sabra", voleva che la sposassi...

– E voi?

– Ma è una leggenda.

– Rispondete, vi prego.

– Lissét, ho sempre pensato a voi.

– Non vi credo, si vede distintamente che Sabra in ginocchio vi bacia le mani, è come stregata e voi la guardate, la guardate.

– Lissét, non siate gelosa, avevo fatto un'opera buona per lei e per la sua famiglia. Piuttosto perché non c'eravate al *Tramonto*?

– Chiedetelo al Giorgione, non a me. E poi, non sono gelosa: *mettetevelo nella testa.*

Apre gli occhi Sangiorgio, per un momento quella frase riporta alla sua mente lo zio di Unocchio. Ormai è buio. Nel buio pensa al "Congedo di San Giorgio dalla Principessa", nell'oscurità rivive la scena.

– Voi mi guardavate di tralice, ricordate Lissét? Con quel copricapo buffo, enorme per voi.

– Ricordo che avevate fretta di andarvene dopo avermi detto tante parole d'amore. E cosa avete da dire sul mio copricapo?

– Dovrei rispondervi come avete fatto voi.

– Sarebbe a dire?

– Chiedetelo al *Pisanello.*

Lissét resta silenziosa, è un po' imbronciata, pare una bambina indispettita.

– Su, non ve la prendete, ora. Lo sapete che i cavalieri erranti dovevano e devono sempre andare.

– Non vi trattengo.

– Lissét, che carattere che avete. Eppure ve l'ho detto innumerevoli volte che vi ho sempre salvata.

– Non ha attinenza con questa conversazione.

– Attiene, attiene. In *Redon* vi ho salvata anche se di voi non c'era l'immagine…

– Io ci sono sempre, cosa credete!

– Sì, anche se non sempre siete ritratta bene, lo sapete...

Lissét è infastidita – Che insolente! – e non sa bene neanche lei il perché ma dice: Siete un maledu-

cato Sangiorgio. Le viene quasi da piangere. Si chiede: Perché sono così?, e intanto fissa Sangiorgio, vorrebbe essere finalmente gentile però si mette a dire: Se non riuscite bene a vedermi *in Redon* allora non vi rimane che *accendere la luce!*

Sangiorgio apre gli occhi, si alza con pesantezza e rammarico e a tentoni cerca l'interruttore. La luce si accende e tutte le tele brillano come stelle nel cielo. Lui è solo al centro della galleria circondato da draghi. Suda, va in direzione delle porte scorrevoli, tutt'intorno aleggia un fetore di bestie puzzolenti, rumori, versi, grida soffocate. Sangiorgio procede spedito verso l'uscita mentre le tele ora si animano, prendono a muoversi verso di lui accompagnate dal suono metallico delle catenelle. Apre la porta, il cavaliere, esce repentino e la richiude con forza. Fa due passi, è nel prato: lo accoglie il silenzio della sera. Guarda il cielo, le stelle, una sera d'estate. Resta in piedi. Rimane così a fissare le stelle, c'è un silenzio morbido. A un tratto sente che si sta impossessando di lui una piacevole stanchezza. Cerca il suo cavallo, lo trova, lo accarezza. Sfila la sella. Ancora qualche passo nel buio di questa sera d'estate, fa scivolare la sella accanto a una giovane pianta di alloro, si siede, si appoggia al cuoio, si lascia andare. Accanto a lui ci sono due donne e per un momento Sangiorgio pensa che Libertad ed Evangelin siano uscite di notte a cercarlo. Ma si sbaglia, queste due donne sono giovani e affascinanti, a piedi nudi si avvicinano a lui, si fermano una per lato restando in piedi.

Una forse è Lissét, pensa Sangiorgio, l'altra Solidea. Una ha in mano un libro e nell'altra mano stringe l'elsa della spada: offre questi oggetti a Sangiorgio che dorme, un po' scomodo, sulla sella della sua cavalla. È molto dolce la donna. Vestita di blu, con un tessuto azzurro nei capelli scuri. L'altra, bionda, porge a Sangiorgio un fiore bianco, indossa colori azzurri e rossi, è graziosa. Sangiorgio vorrebbe dire qualcosa a entrambe, alzarsi, abbracciarle insieme ma si risveglia con in mano l'alloro. *Ricordate: siate come un cavaliere medievale che avanza disarmato fra una selva di spade.*

Ma io *sono* un cavaliere medievale, pensa Sangiorgio.

La voce è senz'altro quella di Solidea, pensa.

Disarmato, dice. Abbandonerò la spada, pensa Sangiorgio.

Una selva di spade, è certamente quello che mi attende..., pensa.

Ormai galoppa da giorni e non si sa se il suo incedere sia fisico o mentale. Se il cavaliere viaggia con il suo proprio corpo o con il pensiero, se è ancora seduto a meditare o se stia effettivamente bussando alla porta, entrando nelle sale, osservando quadri. Qual è la realtà? Cos'è la realtà? La realtà fisica e la realtà sottile. A che livello viaggia Sangiorgio? E che cosa cerca realmente Sangiorgio? Cerca un quadro che lo raffiguri come si sente veramente, una pittura unitiva. Qualcosa che unifichi il drago al cavaliere e Sangiorgio con la principessa.

Perché?

Forse perché solo nell'unione di tutto ciò ci sarà salvezza?

Questa è la mia riflessione, dice a se medesimo Sangiorgio.

Per quale motivo ha necessità di trovare *il* quadro che sigilli questa verità?

Dice Sangiorgio: Evidentemente sono stufo di essere utilizzato da un certo pensiero – attraverso la storia dell'arte – che fa in modo che io appaia come un uccisore di draghi malefici e come uno *buono* a priori: come colui che *elimina* i problemi, una specie di supereroe.

Sale le scale, apre la porta.

Chiude la porta, scende le scale.

Afferra il grosso anello e bussa al portone, apre il portone, chiude il portone.

Infila il piede nella staffa, sale a cavallo.

Parte, si ferma, scende.

L'immagine del quadro che ora vedono i suoi occhi è particolare: Sangiorgio è il corpo di una donna ben sigillato in un'armatura d'oro con le forme dei seni. Una creatura muscolosa ma bella. Uccide una femmina di drago e libera un uomo: un principe.

Sangiorgio suda.

E poi vede un drago che libera una Lissét dalle mani di un cavaliere. E una Lissét che salva un drago e un drago che libera Sangiorgio da Lissét. Ma ancora non trova quel che cerca.

Tornare da Unocchio?, si domanda.

Da Naomi?

Guardare meglio dalla signora Libertad?

Fermarsi e attendere *un segno*? Una lettera? Una missiva? Una luce?

Il cavaliere non sa che fare. Si guarda intorno, chiude gli occhi. Fa caldo. Continua a sudare. Pensa che la cosa migliore sia darsi una rinfrescata e mettersi a proprio agio. Apre gli occhi, vede una pergola semiabbandonata, il glicine cresce in maniera ineguale su delle canne di bambù che qualche contadino doveva tempo fa aver tagliato e disposto a mo di tetto. Si avvicina a quella specie di capanna. C'è pace. Guarda a lungo una pianta che si arrampica sui pali di legno e si mescola al glicine, il suo fiore è bianco e profumato.

– Le piace?

Sangiorgio ha un sussulto, pensava d'essere solo.

– Sì, dice il cavaliere e vede un uomo che non conosce ma che sente famigliare, e non sa darsi una spiegazione.

– È una Clematis, dice l'uomo, si fruga in tasca e si infila in bocca un sigaro enorme.

Subito nell'aria pulita e fresca, profumata di fiori, si insinua un odore forte di tabacco e Sangiorgio inizia a tossire.

Dice l'uomo: Le dà fastidio?, tenendo tra le dita il grosso sigaro marrone vicino al naso di Sangiorgio.

– No, no, non si preoccupi, siamo all'aperto.

– Vuole rinfrescarsi? Bere qualcosa? È un pellegrino? Dove è diretto?, domanda di seguito l'uomo.

E Sangiorgio non se l'aspettava, resta un po' interdetto, chiede se la pergola è sua.

– Ho tutto ereditato, vengo qui ogni tanto, risponde. Ma entri, beviamo qualcosa.

– Grazie, volentieri, se non disturbo, dice Sangiorgio.

Sono in casa, seduti uno di fronte all'altro, Sangiorgio ha avuto il tempo di rinfrescarsi e l'uomo, basso, tarchiato e con una grossa pancia si è versato del vino rosso che Sangiorgio non ha accettato.

– ...E così beve sempre acqua?

– Sì, non amo gli alcolici.

– Dicevamo? Allora, non è interessato a vendermi il suo cavallo?

– Sono affezionato a Kia, è una cavalla.

– Le darò un buon compenso.

Sangiorgio lo guarda, il viso dell'uomo è paffuto, beve il vino velocemente come se fosse acqua e dovesse spegnere un incendio: Dunque lei non vive qui?

– No, ci vengo ogni tanto, a fare una passeggiata, a mettere un po' in ordine: vuole restare a cena? Mi farebbe piacere. Può fermarsi anche qui, se crede. Io per la notte rientro dalla mia famiglia, nella mia tana (ride con gli occhi mobili e verdi), lei può restare e partire quando vuole, non ho tesori qui e, a quanto ho capito, lei è un uomo di fede. Ma qual è la sua ricerca?

– È generoso da parte sua, può darsi che riposare un po' mi faccia bene, sono abbastanza stanco, viaggio da molto tempo... alla ricerca di un dipinto.

L'uomo pingue, con un grosso naso e i capelli radi e sottili, pettinati all'indietro, grigi sulle tempie, con una pelle secca e probabilmente anche un po' dura, guarda Sangiorgio con curiosità.

Dice il cavaliere: Credo che le lascerò il mio cavallo e senza alcun compenso...

Il corpulento si riempie il bicchiere e guarda Sangiorgio un po' preoccupato: Si sente bene?, chiede.

– Lei è stato così gentile a ospitarmi, posso tranquillamente apparecchiarmi sotto la pergola. E per la mia cavalla penso che qui starà bene: ho necessità di liberarmi di tutto, di lasciare che le cose fluiscano...

– Intende riposarsi un poco mentre preparo qualcosa da mangiare? Vede – dice il signore panciuto con serietà – per me la cosa più importante è mangiare. Capisce? Il cibo. Non c'è niente di più importante. Il cibo – ripete con devozione.

– Grazie, dice Sangiorgio, farò come dice, andrò un po' a riposare.

– L'accompagno.

Salgono una scala di pietra, il corridoio è molto stretto e scuro, ci sono parecchie ragnatele e macchie di muffa sui muri. Alcune delle pareti sono annerite ma non per la muffa, piuttosto da fumo, come se ci fosse stato un incendio. Al termine della rampa ci sono due porte: una a destra e una a sinistra. L'uomo, sbuffando per la fatica, indica al cavaliere la parte sinistra, apre la porta e invita Sangiorgio a entrare nella stanza. C'è un letto di legno e una finestra che da sulla campagna.

– Grazie, non si scomodi oltre, dice il cavaliere e sente il rantolo dell'uomo con la pancia.

– La chiamo io più tardi, dice il Cicciuto e chiude la porta con le unghie.

Sangiorgio ringrazia ancora e va verso la finestra, la apre, manda via l'odore di muffa e di fumo, apre la sua borsa e prende e accende un incenso poi guarda il panorama dalle imposte. Inspira a pieni polmoni, si toglie i vestiti e rimane completamente nudo, si stende sul letto e chiude gli occhi...

Egregio Cavaliere,

Io vi sto cercando da tempo.

È da tanto tempo che ho dipinto questo quadro: "Sangiorgio il drago".

Aspettavo con impazienza d'incontrare l'autentico Sangiorgio che ora so che dimora in voi.

Venite, vi aspetto.

Vostra affezionatissima e seguace delle opere vostre,

Licastro Da Catania

Ecco la lettera!, esclama l'uomo corpulento, con la canottiera di sghimbescio sul buzzo pieno di squame, me la dà e io la leggo. Vede che resto pietrificato, sudato, ma inizio a sorridere, Chi vi ha dato questa lettera?, chiedo al Grasso e la voce però si perde come sott'acqua. Lui me la prende dalle mani, le sue mani sono unte e paffute e anche secche e dure come il

cuoio e un po' sudaticce, vi è nelle sue mani qualche traccia di sugo. Esce, chiude l'uscio, aspiro un odore penetrante di fumo o di tabacco, Vuole dare fuoco alla stanza?, grido mentre sento il nitrito pieno di spavento di Kia, spalanco la porta e vedo la lettera vicino al grosso sigaro: Che fate?, chiedo. La brucio, non vedete?, dice l'uomo che adesso ha un occhio spaventosamente dilatato e un altro che sembra un grumo di carne. No!, urlo. Cerco di fermarlo ma sono ancora nel letto e la sua mano artigliosa che sa di ragù mi stringe la spalla e mi graffia. La sua voce dice È pronto, in modo gentile, È pronto.

Sangiorgio apre gli occhi e vede un sigaro davanti a lui, un sorriso di taglio con tantissimi denti dell'uomo con la pancia che lo invita per la cena.

Grazie, dice subito il cavaliere, stavo facendo uno strano sogno.

Si era proprio addormentato, ha bisogno di mettere qualcosa nello stomaco, venga, dice con l'affanno.

Quando il cavaliere si avventura per le scale strette e buie l'uomo è già seduto a tavola che lo aspetta, le ciotole sono colme e fumanti, mangiano in silenzio. Si sentono i rumori della sera. L'Adiposo trangugia con voluttà e beve molto. Poi si ferma e dice: Parlava di un dipinto, che genere di dipinto sta cercando?

– Sangiorgio e il drago, dice Sangiorgio.

L'uomo, con un mezzo sorriso che è un lampo, si riempie di nuovo il calice: Io non me ne intendo ma credo di ricordare che ce ne siano molti di questi...

– Sangiorgio e il drago.

– Sì... di questi Sangiorgi e i draghi.

– Moltissimi. Però non ho ancora trovato quello che cerco io.

– Ha mangiato poco, dice l'uomo indicando la scodella di Sangiorgio.

– Ho mangiato tantissimo, mi creda.

– Accetterò il suo cavallo a patto che lei venga qui quando vuole e si senta a casa sua.

– La ringrazio, per la sua gentilezza.

– In più, se non ricordo male, deve esserci di sopra qualche quadro..., (il Cicciuto guarda Sangiorgio, e al cavaliere pare che gli occhi dell'uomo ruotino come quelli di un rettile). Io non seguo tanto queste cose, non mi fraintenda, i dipinti mi piacciono, però non sono un intenditore. A volte, quando viaggio, anche per lavoro, mi regalano delle cose, anche quadri e io porto tutto qui, uso una stanza come magazzino...

Sangiorgio lo guarda, *lasciare andare, il nostro modo di possedere una cosa è guardarla.* Dice, quasi sottovoce, emozionato: Potrò vedere i suoi quadri?

L'uomo abbondante e basso e con la pancia, si allenta la cintola dei pantaloni, afferra il tovagliolo macchiato come di sangue e se lo passa sulle labbra grasse e sulla fronte madida: Ma certo, dice. Però, glielo chiedo per favore, non mi faccia salire ancora di sopra, faccio una tale fatica.

Sangiorgio ringrazia, prega il padrone di casa di non fare più alcuno sforzo, Come mai non ci avevo

pensato prima, dice, la sentivo affaticato, lasci stare, laverò io i piatti, si riposi. Mi occuperò io di tutto.

Dice l'Obeso: Quando fra poco me ne sarò andato lei vada pure su con comodo, apra la porta di fronte alla sua stanza, le chiavi sono lì – indica con il dito tozzo della mano un angolo del muro con delle vecchie chiavi appese piene di fuliggine – apra e guardi pure i quadri. Mi pare di ricordare che ci sia un Sangiorgio ma che non è di sicuro uno di quelli storici. Pennellate di qualche dilettante...

Perché *quel* sogno?, pensa il cavaliere. Quasi non ascolta più il Trippone che adesso ha estratto un enorme sigaro e l'ha acceso, si alza a fatica, l'uomo, dice Adesso devo andare, quindi prenderò il suo cavallo, è un bell'animale, curato bene, è sicuro di quello che fa?, lei è una brava persona, forse un po' originale, ma una brava persona, dice ancora.

– Anche lei è una brava persona, risponde Sangiorgio, stia però attento di più alla sua salute.

L'uomo ride: Ci sto molto attento! Non vede quanto mangio? E ride, e la sua risata ha qualcosa di animalesco. Se ne va, lasciando una scia puzzolente di tabacco e un inspiegabile fetore.

Sangiorgio rimane seduto, è turbato e non capisce perché, quindi lentamente si alza e risale le scale strette e buie e entra nella "sua" stanza, accende ancora un incenso e si siede per terra a gambe incrociate, chiude gli occhi e percepisce il suo respiro che entra e esce dalle narici: è un Sangiorgio disarmato, senza spada, senza armatura. È un Sangiorgio nudo, un Sangiorgio

che piange, un Sangiorgio che lascia tutto andare. È un Sangiorgio senza più niente quello che vede la luce (la luce di Solidea) che illumina *la* tela. Forse è di Unocchio. Non è possibile, non *può* essere di Unocchio. Prende tremando tra le mani *il* dipinto, legge: Licastro da Catania, *Sangiorgio il drago*. Data, non c'è. Il Sangiorgio e il drago come aveva sempre sognato e desiderato. Un Licastro, (inizia a ripetere). Un Licastro, (ripete dentro di sé e fuori di sé però in silenzio, cercando di contenere l'emozione). Equanimità, diceva il maestro, rimanere tranquilli davanti al dolore come al piacere, faceva una pausa, semplicemente *accettarli*, sussurrava. Ma *io mi* giravo il quadro tra le mani: era bellissimo, era l'unità. In un colpo d'occhio si coglieva la perfezione del dipinto: Sangiorgio, il drago e Lissét erano l'unità, si accettavano *così* come erano e non come si volesse che fossero. Un Licastro, *mi* dissi, semplicemente. Un Licastro, *dissi* ancora e la voce usciva lineare e gentile, tranquilla e semplice. Le parole *Licastro da Catania* e *Il quadro* e *Sangiorgio* davano un certo sollievo, come una gioia. L'insieme di queste parole era un respiro di tranquillità e di pace. Respiro (diceva), Sangiorgio il drago (diceva), Lissét (diceva) e ripetendo tutto si sentiva sereno, *mi sentivo felice*: Un Licastro da Catania (diceva), il quadro, Sangiorgio (diceva) e non smetteva di ripeterlo dando alle parole un bel ritmo.

Umberto Lucarelli (1961), scrittore e regista.

Ha pubblicato con Tranchida editori Milano: *Non vendere i tuoi sogni, mai* (1987), nota di Primo Moroni; *Ser Akel va alla guerra* (1991), prefazione di Nanni Balestrini; *Il quaderno di Manuel* (1994).

Con BFS edizioni Pisa: *Fossimo fatti d'aria* (1995); *Nulla* (1999); *Pavimento a mattonella* (2001), nota di Lara Fremder.

Ha ridotto e interpretato teatralmente alcuni suoi scritti. Ha curato le edizioni: *Conversazioni* di Roberto Giacchini (BFS 2001); *Con/Fusioni* di Danilo Reschigna (Ibis 2002); *Pavimento a mattonella – un film di Umberto Lucarelli*, autori vari (BFS 2004); *Diversamente Validi* con Elena Greborio (Afadig 2006); *La poesia del viandante*, autori vari (Anffas 2007).

È tra i fondatori (e coordina la giuria) del Premio letterario Sofia rivolto agli studenti delle scuole superiori.

Per il cinema ha realizzato: *Il quaderno di Manuel* con Fabrizio Trigari; *Fossimo fatti d'aria* e *Un percorso d'aria* con Paola Licastro; *Dov'è il progresso?*; *Persone*; *Pavimento a mattonella*; *Ora vedo la luna.*

Si occupa da diversi anni – tra l'altro – di attività espressive con particolare attenzione a persone con disabilità. Collabora con associazioni quali Anffas, Orizzonti oltre l'handicap, Volontari il Cavallo Bianco, Arte teatro e handicap, Ledha.

Questo volume è stato stampato da Joelle srl per Ibis edizioni.